Hiša Marije Pomočnice

Ivan Cankar

Hiša Marije Pomočnice
Copyright © Jiahu Books 2013
First Published in Great Britain in 2013 by Jiahu Books – part of
Richardson-Prachai Solutions Ltd, 34 Egerton Gate, Milton
Keynes, MK5 7HH
ISBN: 978-1-909669-31-4
Visit us at: jiahubooks.co.uk

I

Tiho so se zaprla velika železna vrata; v mračnem hodniku, na mrzlih stenah je zasijalo za hip jesensko sonce. Za steklenimi durmi, v sobi vratarice, je gorela rdeča luč z dolgim, mirnim plamenom; nad svetilko je bilo pribito na steni razpelo z golim, vse krvavim telesom križanega Kristusa, ki še ni bil nagnil glave in je gledal z velikimi mirnimi očmi. Malči je vztrepetala v materinem naročju in se je prekrižala.

Izza steklenih duri je stopila vratarica, mlada, šepava ženska. Nasmehnila se je, kakor se smehljajo v kloštrih, s hladnim, neveselim nasmehom.

"Hvaljen bodi Jezus Kristus! Pojdite gor, zmerom na levo, v drugo nadstropje in po hodniku; nad vratmi je zapisano: soba sv. Neže."

Šli sta dalje; Malči je objemala mater okoli vratu in ji je slonela z životom na prsih. Hodniki so bili prazni, mračni, koraki so odmevali daleč naokoli, kakor da bi prihajali in odhajali nevidni ljudje. Visoka okna so bila temno poslikana, ali če sta postali, sta čuli tam zadaj glasove, vzdihujoče, stokajoče, kakor rožni venec v temni cerkvi, pozno v noč, pred polrazsvetljenim oltarjem. Stene so bile polne svetih podob; rdeče luči so gorele pred njimi; velo cvetje je viselo od okvirjev. Malči je gledala te slike, njene oči so bile kakor pričarane nanje, bilo jo je groza in stiskala se je k materi. Na prvi podobi je bil naslikan sveti Štefan; nag je bil do pasu in je klečal, glavo je nagibal nazaj, oči so bile uprte v nebo, roke sklenjene na prsih; telo je bilo čisto belo, tako da se je svetilo iz temne podobe kakor da bi bilo izdolbeno; dolgi krvavi curki so curljali od obraza, od ramen, po vsem telesu, po nežnih belih rokah; in obraz je bil tako miren, le ustnice kakor da bi se premikale. Neštevilo rdečih, silnih rok se je dvigalo zadaj, na desni, na levi, divji obrazi so prežali iz temnega ozadja; svetnik je klečal mirno na kupu okrvavljenega kamenja, oči njegove so bile, kakor da so bile ugledale tisto lepoto, ki so hrepenele po nji vse solzne. Okrvavljeno kamenje se je spremenilo v dišeče rdeče rože.

Na drugi podobi je bila devica, oblečena v dolgo belo haljo.

Tudi njen obraz je bil čudovito miren. V rokah je držala velik srebrn krožnik in na krožniku so bile njene odrezane prsi, bele deviške prsi. Bele lilije so bile v njenih laseh in še bolj bel je bil njen obraz. Oči so bile uprte v nebo, uprte v oltar, na katerem je darovala svoje bele deviške prsi... Za njó, v temnem ozadju, je prežalo dvoje divjih obrazov.

Šli sta dalje, hodniki so bili temni in samotni. Prišli sta mirno visokega okna, ki je bilo zagrnjeno samo napol z belim zagrinjalom. Pred oknom je bila nizka klopica; mati je pokleknila, Malči je pogledala skozi okno v polumrak. Iz polumraka so se zasvetile najprej široke bele perotnice na glavi usmiljenke, ki je sedela prav blizu okna pred harmonijem. Glava je klonila, obraz je bil kakor iz mramorja, tudi ustnice so bile čisto bele, bolj bele kakor svetlo platno perotnic. Oči so bile polzaprte, mirne kakor ves obraz in kakor polumrak tam doli. Roka se je dotaknila tipke, in samoten glas, kakor iz daljne daljave, se je zazibal v zraku, padal je polagoma, izgubil se tja dol v temò. Iz teme se je svetlikala luč; visoko dol od stropa je visela na srebrnih verižicah srebrna svetilka, razsvetljevala je veliko podobo Matere božje, ki je segala od stropa do oltarja. Mati božja, v dolgem, sinjem, z zlatimi zvezdami posutem plašču je stala na zemlji, bleščeča bela noga je gledala izpod zlatoobrobljenega plašča. Noga pa je počivala na ploščati glavi velike zelene kače, ki se je vila okoli zemlje, objemala jo trikrat v strašnem in gnusnem kolobarju. Od rok Matere božje, od vseh desetih prstov, so lili žarki milosti na zemljo. Ali bolj jasen kakor zvezde na plašču in kakor zlati rob in bolj kakor žarki milosti, ki so lili na zemljo, je bil obraz Matere božje. Malči je pogledala na velike, v nebo uprte, miru in ljubezni polne oči, na ustnice, resne in blage, na srebrno solzo, ki se je svetila čudovito na belih licih, in sladko ji je bilo, pritisnila je čelo na okno, Mati božja se je bližala, stopila je iz teme in čisto pred njo je bil milostipolni obraz...

Vstali sta, Malči se je oklenila matere okoli vratu. Prišla je mimo ženska in Malči se je stresla od groze. Lica so bila vsa razjedena, kazalo se je živo meso, ustnic ni bilo več, ne nosa in jezik je lizal po golih čeljustih. Postala je, ozrla se je z mirnim pogledom -- "Hvaljen bodi Jezus Kristus!" -- in je šla dalje. Malči je trepetala, mraz ji je bilo; hodnik je bil neizmerno dolg, temán in samoten. Vodil je Bog vedi kam, v novo deželo, kjer ni nič sonca in nič človeških glasov, v neznano deželo, polno svetih in strahotnih čudes, šepetajočih molitev, belih mirnih obrazov, tako tujih, kakor da bi bili stopili dol iz nebes, izpred božjega trona...

Odprle so se duri, iz postelje so se vzdignile glave, radovedne oči so se ozrle nanja.

Soba je bila velika, čisto bela. Dvoje oken je segalo od stropa skoro do tal, zagrnjeni sta bili z belimi zastori, prijeten polumrak je bil v sobi. Ob stenah postelja ob postelji, štirinajst jih je bilo. Nad posteljami svete podobe, razpela, med okni slika debelega plešastega gospoda z rdečim ovratnikom in zlatim križem na zlati verižici. Pod sliko božične jaslice, umetno sestavljene iz lesa in papirja -- vse lepo in zelo resnično, hlev, sveta družina, pastirji, sveti trije kralji in naokoli zelena pokrajina, zadaj pa betlehemsko mesto.

Stopila je k njima sestra Cecilija, mlada, rdečelična in vesela.

"Kako ti je ime?"

"Malči."

Vzela jo je v naročje in jo je nesla k prazni postelji ob oknu.

"Tako, Malči, to je tvoja postelja, tvoje stanovanje." Mati je zajokala. Bila je že pri durih in se je vrnila, pokleknila je k nizki postelji in je jokala. Tudi Malči je imela vlažne oči, ali obraz ji je bil miren in ni se ozrla na mater; život jo je bolel od dolge poti, čutila je, da se odpira rana na nogi; tudi žejna je bila, ali ni si upala prositi vode. Sitno ji je bilo, da mati joka, sram jo je bilo, ker so gledali nanjo, ali tudi nji sami so silile solze v oči, dasi ni vedela zakaj in dasi ni marala jokati.

Mati je vstala, poljubila jo je na obraz; Malči je zasrbelo na licih od materinih solza, spreletelo jo je in vzdignila je roko, da bi se dotaknila materinega obraza, ki je bil gorak in ves moker. Videla je od blizu ta obraz in zdelo se ji je, kakor da ga še nikoli prej ni videla; širok je bil, rdeč in spačen od joka, oči so bile prestrašene, velike, motne od solza in ustnice so se tresle.

Sestra Cecilija je spremila mater do duri.

"Nikoli več ne pride odtod!" je rekla mati in je pogledala sestro s čudnimi, otroškimi, prosečimi očmi.

"Kakor je božja volja," je odgovorila sestra Cecilija mirno. Duri so se zaprle in koraki so odhajali po mostovžu...

Sestra se je vrnila, prinesla je kruha s surovim maslom in kozarec vina, mešanega z vodo.

"Pij in jej, Malči, nato se preoblečeš."

Malči je popila vino, nato je slekla vso obleko do srajce in je oblekla rdeče karirano krilo, šito scela, kakor pri malih otrocih, in čez krilo modro progast predpasnik s pasom in naramnicami. Sedela je na postelji in je gledala po sobi. Samo še časih je smuknil k nji radoveden, hudomušen, skoro hudoben pogled, ali že so se bile navadile nanjo, spet se je oglasil smeh, krik čvrljajoči, veseli glasovi so se podili vsekrižem.

Hipoma se je ozrl širok, rdeč, razposajen obraz naravnost v Malči.

"Pa ne misli, da boš imela vina, kadar se ti bo hotelo!"

Malči se je prestrašila. Tista, ki jo je ogovorila z rezkim glasom, je sedela na nizkem stolčku, z rokami se je opirala ob slonice, kakor jih imajo bogati fotelji; zibala je stolček od leve na desno, zelo močno in zelo hitro, ter se je tako pomikala naprej, ne da bi se doteknila tal z bolnimi nogami, ki so tičale v težkih copatah. Bližala se je postelji in Malči se je bala, prijela se je za odejo z obema rokama in se je naslonila na vzglavnik.

"Kaj se me bojiš? Čakaj, odgriznem ti nos!"

Smeh je buknil po sobi.

"Pusti jo no, Lojzka!" se je oglasil od duri tenak, majhen glas, kakor da bi bila zaklicala prav nežna punčka iz cunj.

Od postelje, ki je stala tik duri, se je spustila tenka, tenčkena postavica; obraz je bil droben, majhne črne oči so mežikale, skuštrani lasje so zakrivali čelo, nosek je bil malo privihan.

"No, pusti jo, Lojzka!"

Spustila se je od postelje in Malči si je mislila: glej, zdaj bo padla! Samo po eni nogi se je bližala, druga, v veliki črni copati, je visela čudno sključena in je segala tenki zdravi nogi komaj do gležnja. In noga ni skakala, temveč drsala je tiho, čudovito hitro, sukala se na levo in na desno, život pa je bil miren, malo sključen -- kakor da bi plaval majhen angel po sobi.

To je bila Rezika, tretja Rezika, zakaj bilo jih je še dvoje; služila je vsem, nosila jim je na postelje kavo in juho in je pletla zjutraj lase neokretni Francki. Njen obraz je bil samo tedaj prepaden in bled, kadar so jo dražile: "Rezika, mati pride póte!" Tedaj se je skrila v kot in je gledala izza posteljnjaka s prestrašenimi očmi...

Prišla je k postelji in se je naslonila s komolci na blazino.

"Kako ti je ime, ti?"

"Malči!"

Vse ostale so utihnile in so poslušale. Sedele so sredi sobe okrog nizke mize, vse pokrite s knjigami, podobami, pisanimi igračami, pletivom, nogavicami in ostanki kruha, kolača, olupki pomaranč in jabolk.

Od zadnje postelje, v mračnem kotu se je oglasil globok, zategnjen glas.

"Samo eno Malči smo šele imele. Pred tremi leti je umrla, tukaj je ležala poleg mene. Ponoči je umrla, kričala je... oh... Rezika, daj mi vode, ne morem tja z roko."

Nekoliko se je vzdignila kuštrava glava iz blazine. Rumen obraz, nos kakor nož, oči žareče, črni lasje; iztegnila se je roka, koščena, tenka kakor klina. Pomočila je ustnice, glava je legla počasi na blazino in oči so se spet zatisnile.

Izpraševale so Malči, toda ni odgovarjala veliko; sedela je trdno pokonci, obrvi strnjene, oči pazljive, srepe, drobne pesti zakopane v odejo -- kakor da bi gledala v oči trinajsterim sovražnikom...

Mrak je legel, samo še visoko ob stropu so se svetili rdeči žarki. Sestra Cecilija je odprla duri.

"Večerja!"

Sklenile so se roke, kričeč glas se je vzdignil iz gruče in za njim so se oglasili mrmrajoči, zategnjeni glasovi. Obrazi so bili mirni, resni, bogve kam so gledale oči, tihe, široko odprte. Večerna molitev je bila hitro pri kraju -- in kakor trenotna senca je izginil iz obrazov resni mir brez sledu, ustnice so se smejale prešerno, oči so gledale živahno in razposajeno.

Malči je držala v naročju skledico juhe.

"Ali je juha dobra?" jo je vprašala Lojzka in se je smejala z rdečimi, debelimi ustnicami, da so se svetili široko beli zamorski zobje.

"Dobra," je odgovorila Malči in je srebala počasi, malo boječe, kakor ob tuji mizi.

Lojzka je dala svojo skledico Reziki in Rezika je izlila juho v posodo, kjer je bila umazana umivalna voda.

"Ti nedolžni otrok ti!" je vzdihnila Lojzka. "Če bi ji dali pomije, pa bi jih pila!"

Oglasila se je Tina, najstarejša, ki je imela že štirinajst let. Krepka je bila, obraz ji je bil zdrav in rdeč, nekoliko grob, oči so gledale resno, materinsko. Močne, mesnate roke so se opirale ob stol; hodila je drugače kakor Lojzka: zibala se je s stolom in z vsem životom naprej in nazaj, ne od desne na levo in opirala se je z eno nogo; tako je ropotala bolj ter se premikala bolj počasi. Noge so ji bile tenke, kakor noge dveletnega otroka, in so se skrivale pod krilom.

"Jej juho, Malči! Juha je dobra, samo Lojzka je hudobna... Ti, še juhe ne boš imela; le glej!"

Obraz Lojzke je bil hipoma resen; pogledala je začudeno in je umolknila; sedela je tiho ob oknu, dokler niso prižgali luči;

njene ustnice so bile polodprte, zlovoljne in otožne.

Prišla je sestra Cecilija in je prižgala plinovo luč, ki je visela od stropa. Žareča bela svetloba se je razlila po sobi. Slačile so se in so se napravljale spat. Stoli so ropotali, časih je vzkriknilo -- ponesrečilo se je kateri in padla je, ko se je slačila; samo strah je bil, smejala se je sama in vse so se smejale. Postelje so šumele, govorjenje je polagoma utihnilo, smejale so se pritajeno, sunkoma, samo šepetale so še.

Sestra Cecilija je stala sredi sobe.

"Kje je Tončka? Tončka!"

Glave so se vzdignile v posteljah.

"Tončka!"

Ob oknu, skrita za zagrinjalom, je stala Tončka. S počasnimi, nerodnimi rokami je odgrnila zagrinjalo, prišla je, glavo sklonjeno, obe roki nalahko iztegnjeni, obraz smehljajoč, miren, brez strahu. Oči, lepe, črne, so gledale nestalno, brezizrazno. Tončka je bila slepa.

"Kje si bila, Tončka?"

"Ob oknu, sestra Cecilija."

Tončka je stala ob oknu uro za uro, kadar je bil lep večer in je gledala z velikimi, brezizraznimi očmi, s smehljajočim, mirnim obrazom. Vztrepetala so ji lica, kadar jo je pobožal sončni žarek.

"Kaj si videla zunaj, Tončka?" jo je vprašala Lojzka. Tončka ni odgovorila; slačila se je počasi in se je smehljala, kakor da je bila doživela nekaj čudovitega, ljudem nerazumljivega.

"Ali ne veš, da imamo spet novo? Malči ji je ime." Kakor da bi ji bile roke obrnile glavo, se je ozrla Tončka naravnost k postelji, kjer je ležala Malči.

"Dober večer, Malči!" se je nasmehljala Tončka. Malči se je komaj ozrla, trudne so ji bile oči in vsa je bila trudna; dan je bil nemiren in dolg, kakor takrat, ko se je vozila po železnici od jutra do noči.

"Tiho, otroci! Molite in zaspite! Sveti angel varuh z vami!"

Sestra Cecilija je ugasnila luč. Glasu ni bilo več od nikoder. Zašepetalo je še kdaj nalahko, kakor da bi podrsala dlan po šumeči odeji.

Malči ni spala. Mraz ji je bilo v novi postelji, bolela jo je glava in tudi rana na nogi jo je skelela; zarezalo je časih, da bi zavpila, zavzdihnila, ali ni si upala. Tresla se je, odela se je do ust in je sklenila roke pod srajco na prsih.

Kakor je bolečina malo odnehala, so prihajale čudne, žalostne misli. Tiho je bilo, tiha bela svetloba je svetila skozi visoka okna. Nikjer ni bilo lune, ali košček neba, ki se je svetlikal nad črnimi strehami, je bil ves bel in bleščeč od gosto nasutih zvezd.

Z obema rokama je tiščala odejo k sebi; strah jo je bilo. Zgenilo se je časih tu, tam, zašumela je blazina, zavzdihnilo je, zaječalo.

Malči je bila sama, izgubila se je bila, sama kakor ponoči sredi gozda. Če bi poklicala mater, bi je ne slišala, nihče na svetu bi je ne slišal... Začela je moliti, ali besede so ji nenadoma pošle, težko, mučno ihtenje se je vzdigalo iz prsi, ustnice so trepetale in se nategale, zaskelelo jo je v očeh. Spomnila se je bila na malega brata, ki leži doma, napol razodet, ustna odprta, lica rdeča in potna. Na mater se je spomnila, ki sedi za mizo, pred svetilko, in šiva; globoko kloni glava, obraz je svetel in rdeč od luči. Zasmilili so se ji vsi, tudi kanarček se ji je zasmilil, ki je sedel tam v kletki čisto zgoraj, glavico v perju, kakor lepa rumena kepa... Izpregovoriti je hotela, toda ozrla se je, -- tišina vsenaokoli, bele stene, visoka, neprijazna okna, Bog vedi, samoten črn gozd.

Poljubila je svetinjico, zatisnila je oči.

"Sveti angel varuh moj -- --"

Ali odeja se je stresala sunkoma, po licih dol so ji tekle solze, ni se mogla braniti, ihtenje se je oglasilo po sobi. Obrnila je glavo in je pritisnila usta na vzglavje.

Od drugega okna je zašumelo, Tončka se je bila vzdignila v postelji in je poslušala s sklonjenim životom. Vstala je, šla je počasi po sobi, v beli srajci do kolen, roke iztegnjene, glavo sklonjeno, oči široko odprte. Prišla je k postelji, tipala je z roko po blazini, po odeji, doteknila se je Malčinih las.

"Malči, ali ne spiš?"

Malči se je ozrla, od okna je padala svetloba na droben, smehljajoč obraz. Tončka jo je božala po laseh, po čelu, po mokrem obrazu.

"Nič ne jokaj, Malči!"

In hotela ji je povedati nekaj lepega in veselega.

"Nič ne jokaj, -- jutri bo nedelja..."

Malči se je nasmehljala sama -- jutri bo nedelja. Komaj še se je malo ozrla, spreletelo jo je toplo in trudno, oči so se zatisnile... In precej se ji je sanjalo nekaj zelo čudnega: tam se je širil travnik, do kolen je segala zelena trava in rdeče in rumene cvetice so se klanjale. Sonce je sijalo in Malči se je igrala z veliko rdečo žogo; lahko kakor perotnice so jo nosile noge.

II

Nedeljsko so bile oblečene, počesane, pisane pentlje so imele v kitah. Skoro vse so sedele okoli mize, samo tri, štiri so ležale. Bilo je že blizu dveh, čakale so gostov.

Tončka je slonela ob oknu. Obrnila se je proti sobi, obraz ji je bil svetel in rdeč, kakor da bi bili ostali sončni žarki na njem.

"Sonce sije; ne bo jih veliko."

"Kaj mislite, ali pride grofica?" je vprašala Lojzka s hudobnim nasmehom in vse so se zasmejale na glas.

"Malči, le pripravi predpasnik, kadar pride grofica! Boš videla -- ljí-bo djéte!"

Ozrle so se vse hkrati, če so zaškripale duri. Prišla je najprej, takoj ob dveh, bleda, slabo oblečena ženska. Toliko da se je ozrla po sobi in da je pokimala z glavo. Stopila je k postelji, kjer je

13

ležala Katica, bolna Katica; sklonila je glavo prav blizu k njenim ustnicam in šepetali sta, dokler se ni zmračilo; nihče ni čul besede in se ni zmenil zanja. Prinesla je nekaj zavitega v papir, ali nikoli še ni videla Lojzka, ki se je časih ozrla, da bi bila Katica jedla. Mati je imela rdeče oči, ko je odhajala, Katica pa se je obrnila k steni in ni govorila z nikomer. Grda je bila v obraz, velik nos je imela, potlačen kakor zamorka, debele ustnice, majhne oči in kuštrave in pepelnate lase; trinajst let ji je bilo morda šele, nad posteljo pa je bilo zapisano, da so jo bili prinesli v hišo pred šestimi leti; ves život ji je bil z ranami pokrit in iz ran je teklo neprestano.

Tina, štirinajstletna, je sedela sama v kotu med dvema posteljama; obraz ji je gorel, oči so gledale zamišljeno.

Lojzka se je ozrla nanjo in zamežikala je, kakor da bi ji bilo zableščalo sonce v lica.

"Edvard!" je zaklicala z mehkim, pojočim glasom.

Tina se je zdrznila, oprla se je z rokama ob slonice in se je napol vzdignila z životom; temna rdečica se ji je razlila po licih do vratu in oči je pokrila vlaga. Stisnila je ustnice, nagnila je stolec sunkoma, zazibala se je z vsem životom naprej in nazaj ter se pomikala ropotoma proti mizi. Lojzka se je zasmejala na glas, s čudnim, hripavim smehom, ročno je zibala stolček na desno in na levo ter je bežala. Tina se je ustavila pri mizi, pogladila si je z roko lase, ki so ji bili padli preko čela in se je nasmehnila. Tudi Lojzka je postala pri oknu in je gledala Tini naravnost v oči...

Zaškripala so vrata, prišlo je troje elegantno oblečenih dam, vsaka je imela v roki majhen papirnat zavoj.

"Hvaljen bodi Jezus Kristus!" se je oglasilo v pojočem zboru od mize, od okna, od postelj.

Prva dama je bila starikava, suhotna, imela je velik rdeč nos in na glavi velik črn klobuk. Tudi ostali dve sta bili suhi in rdečenosi, toda mlajši, morda njeni hčeri. Počasi je slačila prva dama rokavice, stala je še pri durih ter se ozirala z zelo prijaznim, sladkim nasmehom po sobi.

"Kako vam je, otroci?" je vprašal nje tenki, nosljavi glas -- razlil se je po sobi kakor med.

Lojzka se je poklonila in je odgovorila z zelo ponižnim in nežnim glasom: "Hvala Bogu, dobro nam je, gospa grofica!" -- Rezika se je ozrla v stran, mežikala je in ves obraz ji je bil napet od pridržanega smeha. Lojzka pa je bila resna in niti trenila ni.

Polahko je odvijala dama zavoj in se je ozirala s hudomušnim pogledom: Zdaj poglejte, otroci, kaj sem vam prinesla!

Gledale so in so čakale, nobena ni izpregovorila besede. Iz zavoja so se prikazale pomaranče, četvero jih je bilo.

"Daj mi nožek, Edit!"

Mlada rdečenosa dama je odvezala pisano vrečico in je prinesla iz nje ličen bel nožek. Starejša dama je stopila k mizi, lupila in rezala je pomaranče z gosposkimi kretnjami, lepo je sukala tenka rdeča mezinca, ozirala se je izpod črnega klobuka po posteljah. In mlajši dami sta stali poleg nje, ob desni in ob levi.

Nato so hodile okoli mize in od postelje do postelje ter so delile koščke, iz katerih se je cedila sladka voda.

"Bog poplačaj!" se je glasilo enakomerno, dolgo zategnjeno, v taktu. Dama pa je opazovala obraze, brisala si je tenke prste ob robec, sladko razpoloženje se ji je smehljalo v dobrem srcu.

Ali nato je stopila sredi sobe, zasmejala se je, vzdignila je roko.

"Številka druga!"

In tišje, veselo:

"Odpri zavojček, Edit!"

Mlada rdečenosa dama je odprla papirnat zavojček in prikazali so se podolgasti, tenki piškoti, četvero jih je bilo.

"Daj mi nožek, Edit!"

Razrezala je piškote v čisto enake koščke, hodile so okoli

mize in od postelje do postelje ter so delile. Dama je bila vsa rdeča, razžarjena od radosti in med se je cedil na tenkih ustnicah.

"Številka tretja!"

Tiho, veselo:

"Odpri zavojček, Margit!"

Tretja, najmlajša rdečenosa dama je odprla zavojček in prikazale so se pisane podobe, natanko štirinajst jih je bilo. Prijazna, smehljajoča mamica je držala v naročju debelega otroka v sami srajčki ter ga je pitala z majhno žličico. A pod podobo je bilo zapisano: "Katreinerjeva kava".

Romale so in so darovale svetle podobice, vsaki po eno. Postajala je dama ob posteljah, ob mizi in je božala drobne, sramežljive obraze.

"Kako ti je, ljubo dete?"

Prišla je do postelje, kjer je ležala Malči.

"Ah, glej, tebe še nisem videla! Kako ti je ime, ljubo dete?"

"Malči."

"O, Malči! -- Daj ji, daj ji podobico, Margit! -- In, Malči, ali kaj moliš za dobrotnike?"

Malči je povesila oči in je molčala. Izpod trepalnic je videla Lojzko, ki se je bila pravkar spačila tam zadaj; in Malči se je zdelo dobro, da se je Lojzka spačila.

Pred durmi je stala sestra Cecilija, roke prekrižane na prsih, glavo malo upognjeno, tih smehljaj na ustnicah. Tudi smehljaj sestre Cecilije je bil Malči pogodi.

"Premisli, ljubo dete," je govorila dama, "da to pozemsko trpljenje ne traja dolgo. Kmalu, kmalu te pokliče k sebi Gospod Bog, da te odreši vsega hudega --"

Dama se je ozrla, sestra Cecilija se je umaknila, odprle so se duri na stežaj... Hipoma se je spremenil obraz rdečenose dame, trd je bil in jezen, tenke ustnice so se približale nosu. S krepkimi koraki je premerila sobo, krepko sta stopali za njo spremljevalki njeni; pred durmi se je poklonila sestra Cecilija, roke prekrižane na prsih, tih smehljaj na ustnicah.

"Bog poplačaj! Hvaljen bodi Jezus Kristus!" je zapelo štirinajst glasov.

Prišla je bila velika, debela ženska, zelo bogato oblečena, obraz širok in mehak, kakor iz testa. Nasmehnila se je hudobno, ko je bila ugledala rdečenoso, črno damo in podbradek se ji je nalahko stresel in se je tresel še ves čas, ko so stopale mimo nje s trdimi koraki rdečenose dame. Globok poklon, hudoben pogled, zaprle so se duri.

Velik zavoj je nosila v roki debela dama. Sedla je takoj, položila je zavoj na kolena in si je brisala z robcem potno čelo, obdrgnjeno od klobuka, ki je visel globoko v obraz.

"No, kaj ste dobile?"

Zasmejale so se grohotoma.

"Podobice in olupke."

Dami se je zasvetil obraz, kakor da bi ji bile povedale nekaj zelo prijetnega.

"To je skopost, grofovska skopost... Lojzka, zakaj pa ji nisi dala košček kruha? -- Náte, otroci!"

Odvezala je zavoj in prinesla je na dan kolačev, jabolk, pomaranč, bonbonov; velik kup je bil na mizi.

"Sestra Cecilija, delite!"

Sestra Cecilija je pokleknila pred nizko mizo in je delila. Nad radovednimi, veselimi, plavolasimi glavami so se svetile široke bele perotnice.

Dama je sedela na stolu, velika, debela, silna. Male, živahne oči so švigale v globokih jamah, v testu izkopanih. Z željnim, skoro prosečim pogledom je iskala pogleda sestre Cecilije, uprla se je vanj, obraz je lezel v okrogle gube, podbradek se je tresel, stresalo se je vse ogromno telo.

"Take so, no, poglejte..." pride k revicam, kakor sveti Miklavž...
Meni je dolžna meso še od lanskega leta, še od lanskega leta...
Takrat smo imeli še staro prodajalnico, no, in ob tistem času..."

Sestra Cecilija se je tiho nasmehnila, poklonila se je in je šla
proti durim. Dama je sedela na stolu, debela, silna, smehljala se
je, gledala je proseče po sobi. Ali nihče se ni ozrl nanjo, otroci so
jedli in so se smejali...

Prihajali so ljudje zmerom bolj pogostoma. Matere so stale
ob posteljah, dolgočasni, žalostni obrazi. Malči je ležala, ob
zglavju je slonela mati; prinesla je kolačev in pečenega mesa.
Izpraševala je, ali Malči je bila razmišljena in je gledala po sobi.

Tiho je sedela Tina, obraz žareč, oči uprte na duri. Stresla se
je, nagnila je glavo in se je ozrla v stran. Prišlo je troje žensk, z
njimi je prišel mlad fant. Šli so preko sobe do okna, kjer je
sedela ob postelji Pavla ter jih je pozdravljala od daleč z
veselimi očmi.

Pavla je živela samotno, govorila ni z nikomer, edina židovka
je bila v sobi. Pomikala se je težko s stolom in če je prišla do
mize, je sopla in čelo ji je bilo potno. Njene oči so bile
nenavadno jasne, razumne, kakor pri odraslih ljudeh;, obraz ni
bil lep, ustnice so bile hrastave in zelo otekle. Dala je roko
materi, sestram in bratu; govorili so tiho, hladno, skoro
prisiljeno, kakor na posetih pri tujih ljudeh.

Edvard je bil mlad fant, obraz mu je bil čisto ženski, mehak,
nežen, brez brk; izpod črnih, kodrastih, židovskih las se je
svetilo čelo kakor od mramorja; velike oči so se ozirale
malomarno in mirno po sobi. Klobuk je držal z obema rokama
na hrbtu, iz suknje so mu visele nove rokavice od rumenega
usnja.

Stopil je k Tini in se je nalahko nasmehnil.

"Kako je, Tina?"

Njegov mirni pogled je legel na njene lase, na njen obraz,
počasi je zdrsnil na njene polvzcvetele prsi, na život, na roke, na

tenke, mrtve noge, skrčene pod krilom. Tina je trepetala, dihala je težko. Obrnil se je in se je vrnil počasi k sestram.

"Edvard!" je zaklicala Lojzka od okna. Njena lica so bila polna, rdeča, ustnice so se široko smejale, oči so gledale razposajeno.

"Edvard!"

Zasmejal se je tudi on in je stopil k Lojzki. Ko ji je pogladil z roko bujne, plave lase, je nagnila glavo in se je ozrla izpod njegove bele, ozke roke na Tino, ki je sedela globoko sklonjena, močne, delavske roke oprte ob stol, oči žareče...

Pavla se je dolgočasila. Pričakovala je nestrpno mater in sestre in brata, ali ko jih je ugledala med durmi, si je zaželela, da bi se vrnili... In zunaj je bil lep jesenski dan, nebo se je svetilo nad lepo pokrajino tam pred mestom, nad zlatim jesenskim drevjem... Stale so poleg postelje, nedeljsko oblečene, pajčolan na obrazu, rokavice na rokah in so gledale skozi okno -- tam zunaj se je svetil prelep jesenski dan... Pavla se je ozrla na obraz materin, na sestre, na brata in zasmejalo se ji je srce od tihe hudobnosti.

"Ostanite... ostanite do šestih!"

Stale so ob postelji in so molčale, zunaj pa se je že nagibal dan, že so plavale sence na nebu, plezale so že tam zunaj po zidu gor... Opazila je Pavla zloben, sovražen pogled, ki se je zasvetil v očeh kakor nož.

"Ostanite... ostanite še do šestih!"...

Po sobi je plavala Rezika, tenka, tiha, kakor dih.

"Rezika, -- mati!" je zaklicala Lojzka. Rezika je prebledela in se je oklenila postelje z obema rokama. Toda ustnice, vse še prestrašene, so se veselo zasmejale.

Prišel je postaren, slabo oblečen človek, suh in slaboten. Roke je imel velike, nerodne, črne od dela. Obraz mu je bil zelo bled in upal, oči so bile rdeče, trepalnice gole.

Rezika je vzpela roke visoko in se ga je oklenila, kakor da bi mu hotela splezati do obraza. Pobožal jo je po licih in njen drobni obrazek se je čisto skril v veliki črni roki.

Preko njegovih suhih, izjedenih lic je šinil žarek; čudno je bilo, -- kakor da bi se bil nasmehnil siv kamen.

"Kako se ti godi, Rezika?"

"Dobro, oče!"

"Lepo je tukaj, Rezika... prijetno je tukaj..."

Ozrl se je naokoli, z motnim, hrepenečim pogledom, kakor bolnik po zeleni pokrajini.

"Nekaj sem ti prinesel, Rezika."

Izvlekel je iz žepa jabolko, držal ga je visoko, da ga Rezika ni mogla doseči in se je smejal kakor otrok.

"No, dajte, oče, dajte!" je prosila Rezika s pol jokajočim glasom, ali srce se ji je smejalo s sladkim, razumnim smehom, zato ker se je oče smejal. Tako je bil ubog in majhen in truden, da bi ga spravila v gorko posteljo ter ga prekrižala kakor mati...

Praznila se je soba, zagrnili so že okna in so prižgali luč. "Šest!" je zaklicala sestra Cecilija pri durih.

Bolna Katica, ki je ležala na postelji ob durih, se je zgenila in je vzdignila počasi levo roko k materi, do prsi, do obraza. Desnica je ležala mrtva na životu.

"Potrpite, mati... Bog bo obrnil..."

Izraz njenih oči je bil miren in razumen; drobni, koščeni prsti levice so se krčili, prijela je robeč, ki je ležal ob robu postelje in je obrisala materi mokra lica. Plaho in začudeno jo je pogledala mati; nič nista govorili o strašnem domu, ali Katica se je bila ozrla in je pogledala naravnost v srce. Mati se je sklonila in njene ustnice so se doteknile drobnih koščenih prstkov, ki so se iztegali proti njenemu obrazu, doteknile so se uboge desnice, ki je ležala mrtva na životu...

"Šest!"

20

Zaprle so se duri za življenjem in zgodilo se je, kakor da bi se odgrnila okna na stežaj in bi posijala v sobo nova neomadeževana svetloba. Kakor da bi se odprla okna in bi dihnil v sobo spomladen zrak, da prežene zadušni vzduh življenja. Spet so bile stene nedolžnobele, spet je razgrnila nad smehljajočo družino sladka in prijazna smrt svoje blagoslovljene roke...

Osmešilo se je pustnopisano življenje, bežalo je osramočeno in razcefrani, rdečepikasti plašč je vihral za njim, kakor za dolgočasnim klovnom, ki ga preganja nezadovoljno objestno občinstvo z gnilimi jabolki... Bežalo je kakor nerodno-zloben netopir ob zori in sonce se je smejalo s širokim, otroškim obrazom...

Tišje je bilo v sobi, trudne so bile, pol trudne, pol vzburjene. Počasi so ugašale oči, je ugašal ogenj na licih.

Lojzka se je zibala proti durim. Njen obraz je bil resen, ali debele živordeče ustnice so se gibale v prešernem nasmehu-posmehu.

Vzdignila se je trudoma, odprla je duri in je pljunila na mostovž.

"Zbogom, gospa grofica! Hvaljen bodi Jezus Kristus!" Sestra Cecilija je strnila obrvi.

"Lojzka, jutri pojdeš v izbico!"

Lojzka se je ozrla vdano.

"Kakor je božja volja."

Kramljaje, šepetaje so se napravljale v postelje. Tina je slonela v kotu, obe roki naslonjeni ob posteljo, glavo med rokami.

"Spat, Tina!"

Vzdignile so se motne, rdeče obrobljene oči; obraz je bil bledejši, rdeče pege so žarele na njem.

"No, Tina?"

Sestra Cecilija je pogledala resno, začudeno, zgenilo se je ob ustnicah, kakor spomin, kakor sanje je šinilo mimo obrvi.

"Takoj, sestra Cecilija!"

Prišel je glas od mrzle stene, od zunaj, Bog vedi odkod; globok je bil in truden, tuj...

Tišina; dremotna, bela svetloba je sanjala na zagrinjalih, na stenah. Mirno in enakomerno je soplo na posteljah; zunaj je zahreščalo zamolklo; zapirali so velika vrata; od daleč še je prihajal moten, nerazločen šum -- šum mesta, ki je živelo tam daleč, daleč onkraj življenja...

Tišina; angel je hodil od postelje do postelje, zapirale so se trepalnice, na ustnicah je ostal smehljaj. Od postelje do Postelje je hodil bel angel, prijemal je za roko uboge mlade duše, glej, in vse so se vzdignile in so šle veselo sončnemu življenju naproti, ki je onkraj smrti. Danilo se je in sence so bledele, čudolepa pokrajina se je odpirala, kakršne še nikoli ni videlo oko. Veliko belo sonce in zeleni travniki pod soncem in svetle bele obleke, rože v rokah in v laseh, bele, rdeče, modre rože, svetel bel smehljaj na licih, v očeh, zvonek, velikonočno radosten smeh nad vso čudolepo pokrajino, ki je onkraj smrti...

Malči se je nenadoma prebudila in je strmela v polumrak. Od postelje v kotu je zaječalo, zavzdihnilo. Sijala je v sobo dremotna svetloba jesenske noči...

Tina se je bila vzdignila, sedela je na postelji v beli srajci, roke sklenjene na prsih. Glava se je nagnila, dlani so zakrile obraz in ves život se je stresel, zaihtelo je pritajeno, natihoma... Malči je strmela v temo, ali trepalnice so legale spet na oči, zameglilo se je, zazibalo in spet se je odgrnil zastor pred čudolepo pokrajino..

Zjutraj je prišla sestra Cecilija, postavila je pred Tinino posteljo platnene stene, pregrnili so posteljo na novo in Tina se je preoblekla. Na obrazu sestre Cecilije je bila tiha senca, kakor spomin, ustnice so bile sladko-resne, materinske. Tina je bila bleda, oči so gledale plaho in motno, kakor da bi bile ugledale nekaj neznanega, skrivnostnega...

Sedela je trudna ob postelji in ni govorila z nikomer...

III

Vseh vernih duš dan je bil; vstale so zgodaj in so se napravljale k maši zadušnici. Noč je bila še, ko so vstajale, luč je gorela; zunaj na mostovžu so odmevali koraki.

Samo štiri so ostale v postelji, vse druge so šle k maši. Dolga procesija se je pomikala po mostovžu; spredaj je šla sestra Cecilija in je nosila Malči v naročju; nato je prišla Pavla, židovka, vsa potna že in trudna; opirala se je z eno nogo, zibala je stolček z obema rokama; zadaj je porivala Rezika, ki je poskakovala na eni nogi; tla so bila raskava, zato ni mogla drsati; Lojzka in Tina sta se drsali sami, zibaje, ropotaje, Lojzka vesela, rdeča in pogumna, Tina vsa resna in zamišljena; še petero jih je bilo zadaj; dve sta se zibali na stolih, dve sta hodili in zadnja je bila grbava Brigita, zelo majhna in široka, v obraz rumena, koža vsa zgrbljena in vela, kakor starikav pritlikavec. Vse so bile zavite v težke, sive rute, noge so tičale v velikih suknenih copatah, s kožuhovino podšitih, v rokah so imele molke s silnimi črnimi jagodami in bakrenimi križi; Brigiti je segal molek skoro do nog.

Čudno je odmevalo po mostovžu -- ropot stolov, naporno sopenje, zamolkli koraki. Polmrak je bil; samo daleč tam koncu koridorja se je svetila luč. Od sten, iz teme so strmeli obrazi svetnikov, se je črnila kri na belih, golih telesih, gledali so rabeljnov zlobni obrazi...

Zazvonil je zvonček v kapelici, sestra Cecilija se je okrenila.

"Brž, otroci, brž!"

Jagode na molkih so rožljale, stoli so ropotali. Koridor je bil dolg; Lojzka je sopla na glas in je gorela v lica.

Zasvetile so se steklene duri, procesija se je ustavila. Sestra Cecilija je odprla duri in prišle so na dolg teman kor; nobene luči ni bilo ob zidu, komaj so se razločevala podobe na stenah. Pred zidano osleno so bile nizke klopi za klečanje, a oslona sama je bila tako nizka, da je videla Malči, če je sedela na stolu, globoko dol v kapelico in na veliki oltar, kjer je gorelo dremotno četvero visokih sveč. Tudi je videla na sredo kapelice, kjer je bila na visokem odru rakev, pregrnjena do tal s črnim žametom; zgoraj na žametu se je svetil bel križ, pod križem je bila mrtvaška lobanja. Ob odru so gorele sveče na srebrnih svečnikih, ob vsaki strani po troje.

Od stropa je visel lestenec, ali bil je zavit v črno platno;, sveče so plapolale, trepetale zaspano, mrak je bil, po stropu, po vseh kotih kapelice, ob stranskih oltarjih, po koru samem so se plazile sence, vztrepetavale so in se plašile, kadar je švignil nenadoma kvišku plamen sveče, vračale so se, prihajale so čisto blizu, zgrinjale se skoro preko vse kapelice. Kakor čudno, skrivnostno življenje je bilo, ki je živelo na stenah, vsenaokoli, molče podrhtevalo, trpelo morda, Bog vedi; živeli so tisti dolgi, beli, zibajoči se plameni in živele so tiste sence na oltarju, na stropu, na svetih podobah; izgubile so se morda sence od ljudi, ubežale so, in zdaj žive svoje nemirno, tiho življenje, v večnem strahu in molku. Tudi tiste svete podobe žive; živo, strahotno se belijo iz teme, na obrazih se pozna trpljenje, še se niso posušile solze na licih...

Zazvonilo je, prišli so gospodje v dolgih, belih haljah, s črnimi ovratniki, roke sklenjene, glave globoko sklonjene, Ustavili so se sredi kapelice pred visokim odrom, peli so zategnjene, žalostno zveneče, nerazumljive pesmi; kakor stokanje, bolestno vzdihovanje je odmevalo od zidov.

Malči se je tresla od čudne groze. To je bil svet, poln strašnih, svetih skrivnosti; njene oči so bile čudovito bistre, kakor breztelesne in so videle, kar je bilo breztelesno in je živelo vsenaokoli neznano življenje; slišala je glasove, ki so prihajali iz neznanih pokrajin, tožeči in vzdihujoči...

Tresla se je, zabolelo jo je v glavi, nagnila se je in čelo se je doteknilo mrzlega zidu. Sestra Cecilija je stopila k nji, pobožala ji je s toplo roko mrzla lica in Malči se je vzdramila. Bolj svetlo je bilo že na koru in doli v kapelici, gospodje so se bili vrnili od črnega odra in so peli visoke, vesele in slovesne pesmi pred velikim oltarjem.

Trudne so bile, ko so se vrnile v sobo in legle so ali pa so slonele na stolih, roke mirne na kolenih. Mračen dan je bil zunaj, nebo je bilo umazano in neprijazno, skoro bi bilo treba prižgati luč. Na visoki mizi pred jaslicami je medlela "duša" na olju v kozarcu; tenki rumeni plamenček se je zibal neprestano; umiral je in ni mogel umreti. Smrt je bila v sobi, vse so jo čutile, ali ni bila žalostna in nič strašna ni bila; poznale so jo kakor Anastazijo, sestro nadzornico, ki je prišla časih v sobo ter se ozrla po posteljah molčé, z resnim in mirnim obrazom: malo spreletelo jih je in gledale so kakor pričarane proti durim, ki so se bile že davno zaprle za sestro nadzornico. Ni jih bilo strah, ali niso si upale izpregovoriti razposajene besede.

Vzdignil se je iz postelje suhi, rumeni obraz Minke, črni lasje so padli na čelo, žarele so črne oči. Minka je ležala na svoji postelji že dolgo let, zapisano je bilo nad posteljo, ali sama se ni več spominjala. Suha je bila, da so se videle kosti skozi tenko kožo, prsti so bili kakor kremplji mrtvega tiča.

"Otroci, pomislite kaj se je zgodilo pred tremi leti... ali je bilo pred štirimi leti... Imele smo takrat še Olgo, ležala je na oni strani zraven mene in komaj par tednov je bila šele pri nas. Bolna je bila zelo in zmerom je molila... in suha je bila, še bolj suha od mene, pa je imela morda že štirinajst let... Nekoč se ji je prikazala ponoči Mati božja..."

Poslušale so z velikimi, svetlimi očmi. Minka je zakašljala, Rezika ji je prinesla kozarec vode.

"Kakšna je bila Mati božja?" je vprašala Pavla, židovka.

"Kakor v kapelici. V dolgem, sinjem plašču je bila, z zlatom obrobljenem in z zlatimi zvezdarni posutem. Od rok pa so lili žarki milosti. In vsenaokoli je bila svetloba, kakor sonce..."

"Kje se ji je prikazala?"

"Tu v sobi, nasproti postelje, malo gori, kakor je postelja visoka... Drugi dan smo šle vse k maši in sveče so gorele pred Materjo božjo v kapelici... Ponoči, otroci, se prebudim in tako mi je bilo, kakor da je nekaj belega izginilo skozi duri. Bleščalo se mi je, in pomanem si oči in pogledam; duri so zaprte. Potem pa se mi je zgodilo, kakor da je bil nekdo zraven postelje in mi je položil nalahko roko na oči in zaspala sem... Ali zjutraj, glejte, ni bilo Olge na postelji. Tema je še bilo, ko je prišla sestra; vzbudila nas je vse, prižgali so luči in so iskali. Nikjer ni bilo Olge. In so šli s svečami po mostovžu, kakor je dolg, in dol po stopnicah in v kapelico. V kapelici pa je ležala Olga in je bila mrtva."

Umolknila je in vse so molčale, tako da se je slišalo trepetanje umirajočega plamena pred jaslicami.

"Jaz pa sem poznala nekoga, ki ni veroval, da je Mati božja," se je oglasila grbava Brigita in vse so vztrepetale, kakor da so ugledale nekaj čisto nerazumljivega in groznega.

"Iz Amerike je prišel in ni veroval, da je Mati božja. Tako je ležal na postelji, ker je bil bolan, ženske so molile in otroci so jokali, duhovnika pa ni bilo... In se je spačil, zamahnil je z obema rokama in je padel iz postelje. Zavpili so in so pobegnili, jaz pa nisem mogla bežati, ker me je držalo za noge. In takrat, pomislite, se vzdigne zunaj pred okno, veliko in črno; stalo je pred oknom dolgo časa, nato je izginilo in oni na tleh je bil mrtev..."

Leglo jim je nekaj težkega na srce -- kakor da bi stalo tam zunaj pred oknom veliko in črno. Pol plaho, pol očitajoče se je ozrla Tina na grbavo Brigito, ki je sedela ob postelji, rumen in zloben pritlikavec.

"Lani je umrla Ančka," je pripovedovala Tina,"tretja Ančka je bila in vse tri so umrle. Tebi je bila podobna, Malči, samo še bolj majhna je bila. Čisto droben obraz je imela in čisto bel, kakor angel. Nikoli ni jokala, samo gledala je in se je smejala in umrla je čisto tiho. Samo jaz sem vedela, da je umrla. Zvečer je bilo, vse smo že ležale in sestra Cecilija je ugasnila luč. Ančka je ležala ob oknu, na tvoji postelji, Malči, in se ni genila. Ali glavo je imela obrnjeno proti oknu in jaz sem videla, da ima oči odprte, tako so se svetile. Nisem mogla zaspati; kakor da me zmerom kliče, ali ni me klicala. Meni so lezle trepalnice, ali še zmerom sem jo videla tako natanko, kakor da bi imela čisto odprte oči; še bolj svetlo je bilo. Svetlo je bilo in zmerom bolj svetlo, kakor da bi se hotelo daniti. Tedaj pa se vzdigne od postelje, kjer je ležala Ančka, nekaj lepega, svetlega, kakor cekin, in plava... plava zmerom višje in skozi okno in gor proti nebesom. Njena duša je bila... Stresem se in pokličem sestro Cecilijo; temno je bilo v sobi, Ančka pa je bila mrtva."

Tončka je sedela blizu okna, slonela je ob postelji; žalostna je bila, ker ni sijalo sonce. Doteknila se je bila stekla na oknu, ali steklo je bilo mrzlo, da je vztrepetala; vedela je, da je zunaj grdo mokro nebo.

Njene velike slepe oči so se ozrle po sobi.

"Lani je umrla Nežika; deževalo je in mraz je bilo, ko smo se peljale za pogrebom. Ali se spominjaš, Tina, kako je škropilo na okence, kakor da bi trkalo s prstom? Spredaj v vozu je bila rakev in vso pot je ropotala in se je zibala... In ko je zadelo kolo ob velik kamen in se je voz zelo zazibal, takrat je zastokalo v rakvi. Nežika je zastokala, kakor da bi ne mogla spati. Mene je bilo strah in Nežika se mi je smilila, Tina pa ni slišala ničesar... In stokalo je vso pot in jokalo natihoma, otroci, Bog se usmili. Zagrebli so jo in jokalo je, ko so sipali težko prst na rakev. Nato smo se vračali in še zmerom je deževalo, trkalo je na okence. Poslušala sem in glejte, zastokalo je zunaj pred okencem, trkalo je in prosilo, vso pot. Njena majhna duša je šla z nami;, zunaj je hodila, ko je bil dež in mraz, in ni mogla v nebesa. Ko smo prišle domov, smo šle v kapelico in smo molile rožni venec in njena duša je šla v nebesa in zjutraj je sijalo sonce."

Luč je ugasovala pred jaslicami; Rezika je nalila olja in plamen je vzplamtel visoko.

Minka je gledala proti stropu, štela je na prste.

"Koliko jih je že umrlo?... Dvanajst jih je bilo, zadnja je bila Roza, ki se je zmerom smejala. Šest tednov je šele, ko je umrla. Na tvoji postelji je ležala, Malči. In zdaj poslušaj, Malči. Smejala se je zmerom in ni mogla zaspati zvečer; ko smo že vse spale, je še zmerom govorila in se je smejala. Če sem se vzbudila, sem jo slišala in slišala sem jo še v spanju, kakor da bi zvonilo. In tudi tako se je smejala, kakor da bi zvonilo z majhnim zvončkom. Vsa bolna je že bila in suha, komaj se je še videla iz postelje in njene oči so bile večje nego ves obraz. Ali smejala se je. 'Nocoj, Minka,' je dejala, 'umrjem in ti pridem povedat.' In se je smejala. 'Kako pa prideš?' sem odgovorila, zato ker ni mogla premakniti ne nog ne rok; noge je imela čisto zvite in vsa je bila polna ran. Zaspimo in tema je bila... Takrat pa se prestrašim in se vzbudim. Zasmejalo se je bilo tako naglas, s tistim majhnim zvončkom in zaklicalo je dvakrat: 'Minka! Minka!' -- Mislila sem, da sem bila šele zaspala in da me kliče Roza, ki ne more spati, toda glejte, že se je danilo. Ozrem se s postelje in se začudim. Čisto pod mano, ob oglu moje postelje, leži Roza v sami srajci, leži na ko lenih, glavo ima skrito med rokami. Kako je pač prišla do moje postelje? mislili smo, da kleči, ker je bila trudna in da je tako zaspala. Ali bila je mrtva..."

Hitro se je mračilo; nebo se je nižalo zmerom bolj in je temnelo; kakor motno zagrinjalo je viselo zunaj pred oknom in tudi hiše so se gubile v sivo noč.

"Katera bo zdaj prva izmed nas?" je vprašala Lojzka z mirnim nasmehom.

"Katica bo prva!" je odgovorila Rezika resno. Katica se je komaj ozrla in lahek smehljaj je šinil preko grdega bolnosivega obraza.

"Jaz bom prva!" je dejala Minka. "Dvanajst sem jih videla, trinajsta bom sama."

Pavla se je oglasila z globokim, razumnim glasom.

"Ne tako! Ugibajmo! -- Rezika, daj mi papir!"

Narezala je trinajst koščkov papirja, štirinajsti je bil daljši.

"Katera potegne daljšega, bo prva!"

Rezika je vzela koščke, potegnila je najprvo sama in je potegnila kratkega; nato je hodila okoli mize in od postelje do postelje. Gledale so z veselo radovednostjo in so se smejale, samo Rezika je bila resna, ker ji je bilo v mislih, da bi katera ne ugledala pod njeno roko daljši papir ter jo tako osleparila. Tiščala je roke k životu, nagnila se je k postelji ter gledala natanko na oči, na roko.

"Vleci!"

Prišla je do Katice, tudi Katica je potegnila kratkega ter je vrgla košček malomarno na tla.

Ko je prišla do Minke, je gledala Minka v strop, nasmehnila se je, iztegnila je roko in je potegnila hitro.

"Daljšega!" so vzkliknile.

"Daljšega! Minka bo prva!"

"Kaj nisem rekla?" je opomnila Minka mirno."Saj sem vedela, da bom prva."

"Ali prideš povedat?" se je zasmejala Lojzka.

"Pridem, le čakaj! Pridem ponoči in te zlasam... Daj mi vode, Rezika!"

Minka ni govorila več ves večer.

Ali na smrt ni mislila Minka. Njeno srce je bilo tako mirno in hladno, kakor srce grobarjevo. Prihajale so in so umirale in druge so prihajale namesto njih. Postelja bo prazna, sneli bodo tablico, izbrisali njeno ime ter napisali drugo. In soba bo ista in vse bo isto.

Na dom je mislila Minka, ki je bila že zdavnaj pozabila nanj. Spomnila se je nanj in se je začudila. Bilo je tam, kakor v živo pisanih pravljicah. Čudnobele so bile hiše, kakor naslikane; čudnosinje je bilo nebo; pisani vrti, zeleni travniki, in drevje in bele nizke cerkvice -- vse samo čudo. Naslikano na debel papir otrokom za kratek čas. Ljudje so hodili okoli, pa so govorili moško, polni skrbi in resnobe. Ves dan so skrbeli, kaj bodo jedli, kaj bodo pili; tudi za obleko so skrbeli in za čevlje celo. "Hm, hm!" Tako so bili resni in tako smešni, kakor tisti majhni možički iz lesa; potegne se malo za vrvico, hop -- pa se vzdignejo noge, vzdignejo se tudi roke, ali obraz ostane resen, tako neumno resen... Spomnila se je Minka na vrvico in spomnila se je na svojega očeta. Obesil se je bil ubogi oče! Tako majhen je bil in sključen in smešen. Prijemal se je za glavo: "Oh-oh-oh!" -- kakor tisti možički, ki vzdigajo roke -- in naposled se je obesil. Minka je imela rada očeta in takrat se je jokala. Kako je bil oče majhen in smešen in kako je bil neumen, da se je obesil! In kako je bila ona neumna, ko se je jokala!... Tudi mati je bila smešna; debela, okrogla, kadar je hodila, se je vse zibalo na nji, kakor puta je hodila in tudi obraz je imela kakor puta. In je sklepala roke: "Oh-oh-oh!" -- No, umrla je tudi mati. Kako je pač ležala na odru, ko je imela tako smešen okrogel obraz in ko je bila tako debela? Uboga mati! Morda je vzdihovala še na odru? -- Oh-oh-oh! Nesli so jo možje, težko, dolgo in široko rakev so nosili, v rakvi pa:. Oh-oh-oh! -- Vse to je bilo kakor naslikano. Naslikani možički in naslikane punčke, v pisanih oblekah, resni in polni skrbi. Na prvi strani stoje leseno sredi zelenih travnikov, tam zgoraj svetlo sončno nebo, na desni bela cerkvica; na drugi strani, glej, pa leže na tleh, kakor da bi bili mrtvi. Samo obrazi so isti, zmerom tako neumnoresni... In ko bi človek knjigo raztrgal? Neumna Francka je bila oni dan raztrgala tako knjigo in sestra Cecilija niti trenila ni...

Zakaj so bili tako resni in zakaj so zmerom tako jokali? Gorke solze so tekle po smešnoresnih licih in Minki so se smilili ubogi ljudje. Ubogi oče! Uboga mati! Izrezala bi iz knjige obadva, skrila ju varno na svoje prsi, pod srajco. In malo bi ju zibala, kakor v zibki! Ej, ne jokajta, saj je lepo zunaj, lepi travniki, lepi gozdi, lepo božje nebo! Ej, ej, ej! -- Ogrejta se pri meni, tukaj nam je dobro!...

Noč je bila, vse so spale.

Minka je zakričala nenadoma.

"Vode, Rezika, vode!"

Prebudile so se, Rezika je skočila iz postelje, še pol v sladki omotici.

Pred jaslicami se je še zmerom zibal ubogi mali plamen, umiral je in ni mogel umreti.

Rezika je zadela ob mizo, ob stol, kakor pijana je bila. "Vode, Rezika!"

In Rezika je posegla po kozarcu, ki je bil do polovice poln ter ga je ponudila Minki. Ali Minki se je roka tresla, ni mogla držati kozarca, voda se je razlivala po odeji.

"Drži, Rezika, pomagaj mi!"

Nagnila je glavo, omočila je ustnice z vodo.

"Dovolj je. Postavi kozarec tja. Idi spat, Rezika!"

Oči so se navadile teme in Rezika je videla Minkin obraz. Ozek in koščen je bil kakor nož, oči so žarele, na čelo so padali črni lasje.

"Ali je umrla?" je vprašala Lojzka iz postelje.

"Ne še!" je odgovorila Rezika zaspano, vrnila se je v posteljo, odela se je do ust in je takoj spet zaspala.

Lojzka si je mislila: "Če zdajle umrje in mi pride povedat!" Malo čudno ji je bilo, ali bolj je bila radovednost nego strah. Poslušala je, če bi se kaj zgenilo, če bi kaj zaklicalo in v napetem poslušanju je zaspala ter je poslušala in gledala v sanjah. In ko je gledala, je zagledala nenadoma nekaj svetlega, bleščečega, kakor cekin. Plavalo je preko sobe, preko okna, zmerom bolj kvišku. Ob oknu pa se je spremenilo, zmerom še je bilo svetlo in bleščeče, kakor cekin, ali bil je Minkin obraz. In Minka se je zasmejala in je zaklicala.

"Lojzka!"

Lojzka se je predramila, dan je bil skoro. Tina se je že oblačila, Rezika je sedela za mizo in si je pletla lase. Tončka je sedela v postelji, zehalo se ji je in ni se ji hotelo vstati.

Minka je ležala mirno, roke na prsih, oči odprte, tudi ustnice so bile malo odprte in zobje so se svetili.

Rezika se je domislila, vstala je in je šla k Minki.

"Minka, ali ne spiš? Ali bi rada vode?"

Minka se ni genila. Rezika se je doteknila njenih rok, njenih lic; nič se ni zgenilo. Lica so bila hladna, čelo je bilo trdo in gladko kakor iz porcelana; oči so gledale mirno, punčice so bile obrnjene malo navzgor, polskrite pod trepalnicami.

Rezika se je ozrla po sobi.

"Minka je umrla... Rekla je, da bo prva in res je!" Zašumelo je na posteljah, vse so vstale in so se oblačile hitro.

"Jaz sem videla njeno dušo!" je zaklicala Lojzka. "Njena duša je šla po sobi, kakor cekin, in ko je šla skozi okno, me je poklicala."

Niso bile še oblečene in umite, ko je prišla sestra Cecilija. Prižgala je blagoslovljeno svečo in jo je postavila na mizico poleg Minkine postelje; trde koščene prste je ovila okoli bakrenega razpela. Nato pa so molile rožni venec; molki so rožljali, mladi glasovi so peli enakomerno, otožno...

IV

Dobile so kanarčka. Ves majhen je še bil in neumen in zmerom ga je bilo strah; tudi pel še ni nič.

"Babica je!" je menila Pavla.

"Kako bo babica!" je ugovarjala Lojzka. "Saj sem pogledala prècej!"

"Kako pa se pozna, da ni babica?" je vprašala Malči. "Zadaj mu odpihnem perje, pa pogledam... Čakaj, ti pokažem!"

Kletka je bila na mizi, Lojzka je odprla vratica, toda kanarček je kričal, cvilil pretresljivo, kakor da bi prosil milosti.

"No, pusti ga! Pa naj bo babica!" se je vdala Pavla. "Ni ga treba dražiti, zbolel bo!"

Sestra Cecilija je obesila kletko na zid ob okno prav poleg Malčine postelje, tako da je škropilo Malči na posteljo in v obraz, kadar se je kanarček umival.

"Ej, ti, Hanzek, zakaj me škropiš?" se je smejala Malči in nevoščljive so ji bile, da je škropil nanjo in da se je pogovarjala z njim.

Hanzek je študiral; gledal je z živimi črnimi očmi po sobi, kakor da bi opazoval ter se čudil. In kolikor bolj je opazoval, tem manj ga je bilo strah. Če se je približala roka, Rezike ali Malči drobna roka, se je najprej umaknil ter gledal napeto. Nato je polagoma iztegal vrat, odpiral kljun in oči so zadobile nekako sovražno svetlobo. Zmerom bolj se je iztegoval vrat, perje na vratu in na glavi se je šopirilo, ježilo, perotnice so zamahovale, najprej nalahko, potem zmerom bolj hitro in srditohreščeč glas je prišel iz tankega grla, kakor da bi brusil britev ob pili.

"Zakaj pa se jeziš, Hanzek?" se je hudovala Malči. "Saj vidiš, da ti dajem vode! Kaj ne maraš vode?"

Hanzek se je malo ozrl, malo je pobrcal z nogo; videl je, da so mu res prinesli vode in polagoma se je umiril; samo časih je še malo poškilil, nezaupen je bil; ni se bil še privadil vseh peterih prstov in razjezilo ga je posebno, če se je zganil debeli palec, ki ni sodil k ostalim štirim. Ko se je potolažil, je poniknil glavo globoko v vodo, stresal se je ter škropil na vse strani. Skočil je potem na zgorenji klin, bil je kakor nepočesan, ves moker in skuštran, -- smejale so se mu; on pa se je le stresal ter se ni ozrl nikamor.

"Ali te ni sram, Hanzek?" mu je zaklicala Malči. Poškilil je malo, nato pa se je sklonil, vtaknil je v kljun dolgi tenki krempelj ter si je čistil nogo in kljun, oboje hkrati, in nič ga ni bilo sram.

Polagoma je spoznaval, bistril se mu je razum. Uvidel je, da ni veliko nevarnosti na svetu. Kadar so mu odprle vratica, je poskočil najprvo na prag ter se je oziral naokoli. Nič tujega, neznanega se ni prikazalo, nič nenavadnega se ni zgenilo v sobi. Zafrfotal je in je sfrfotal Malči na glavo, na mehke plave lase. Malči je sklonila glavo, prijetno ji je bilo in smejala se je. Nato je vzdignila roko, pomigala je s prsti. Kanarček je skočil na roko in obšla ga je čudovita, nepoznana slast. Iztegnil je vrat, perje se je našopirilo, perotnice so frfotale in stopical je in plesal z drobnima nogama ter pel s čistim, veselja in hrepenenja polnim glasom.

Gledale so to lepo čudo s strmečimi očmi, ali v Lojzki se je vzbudila zavist.

"Daj ga z roke, Malči, poginil bo!"

Malči se je prestrašila, stresla je z roko in kanarček je odletel.

Precej se je umiril, malo se je še stresel, pobrskal s kljunom po perju pod perotnicami in pod vratom, nato pa je zobal mirno, kakor da bi se nič ne bilo zgodilo.

Ali kakor se je privadil sobe, dvomov se ni otresel in tudi strahu ne. Zgenilo se je kdaj, oglasilo se čudno in ves se je preplašil. Temne nevarnosti so prežale iz vseh kotov in lahko bi se pripetilo, da bi poseglo nenadoma nekaj velikega in črnega od tod, od ondod, poseglo ter se približalo bliskoma; vztrepetal je, skočil je na strop svoje nizke kletke, držal se krčevito za mrzle žice ter gledal nizdol. Mirno je bilo, nič se ni prikazalo. Lotevala se ga je otožnost, porojena iz nerazumljivega hrepenenja. In kadar ga je ovladala siloma, mu je privrelo iz prsi, sklonil se je globoko in je plesal na klinu ter pel. Malči je gledala nanj z velikimi očmi. Kaj mu je pri srcu? Gleda kakor človek, samo govoriti ne more. Zdelo se ji je, da tudi misli kakor človek in da vse sliši in vse razume.

Zletel je časih na polico pred oknom, sprehajal se je od kota do kota ter potrkaval na steklo. Tam zunaj je bil tudi svet. In časih je priletelo zunaj mimo okna, frfotalo je in je izginilo. Ves se je prestrašil, zletel je s police; zunaj je bil pač čuden svet, poln neznanih strahot. Mnogokrat so prišle v samo sobo strahote, ki so bile zunaj. Zaprli so ga tedaj v kletko in gledal je plašno in sovražno, kako so hodili sem pa tja, od postelje do postelje in poslušal je njih grde globoke glasove. Kadar so odšli, si je upal komaj iz kletke. Morda je še ostalo kaj v tem, v onem kotu, morda je samo čakalo, da bi se takole nedolžno približal in tedaj bi seglo po njem, veliko in črno. Ali on je bil pameten, ni šel koj iz kletke, dasi so mu bila vratca na stežaj odprta. Nato je malo zletel, samo za pedenj po sobi in brž v kletko nazaj, zato da bi poskusil, da bi videl. Toda na posteljah, ob mizi je bilo vse kakor zmerom, nič ni ostalo v sobi od tistega odurnega in groznega življenja, ki je bilo prišumelo tako nenadoma. Smejali so se samo znani obrazi, znani glasovi; spet same majčkene roke, ki ne morejo storiti žalega, same majčkene roke, ki dajejo kruha in vode... In kakor so se vse zaničevaje smejale neokretnemu, velikemu, grdemu življenju, tako se je smejal tudi kanarček. Prav tako vesel je bil, kadar ni bilo tistega življenja v sobi in prav tako je čakal hrepeneče, da se poslovi ter odkobali.

Prišlo je časih prav do njegove kletke, skušalo je celó z veliko in grozno roko odpirati vratca; toda ni jih odprlo. Stisnil se je globoko v kot, strmel je z žarečimi, sovraštva in silnega strahu polnimi očmi; odpiral je kljun, iztisnil se je iz grla cvileč, obupen glas.

Takrat pa se je vzdignilo na postelji pod njim, prišle so od vseh strani, tenki glasovi, podobni cvilečemu glasu kanarčka, so govorili vsevprek.

"Stran! Stran!"

In pustilo je vratca, moralo je stran, kanarček pa se je oddahnil. Vse so čutile, kar je čutil sam. Ni se ga smela dotekniti tuja roka, ubila bi ga. Niti sladkorja mu ni smela podariti tuja roka. Grofica mu je bila prinesla nekoč sladkega zelenja, lepih kurjih čevc, ali ko je šla -- "Bog poplačaj! Hvaljen bodi Jezus Kristus!" -- so vzele iz kletke njen zeleni dar ter so ga razmetale po sobi.

"Naj jé sama, lakota lakomna!" se je razjezila Lojzka, sama ni vedela zakaj. Ali kanarček bi bil jedel, toliko je bil pač neumen. Malo bi se šopiril, malo bi revskal, dokler bi bila tuja roka blizu, potem pa bi se potolažil ter bi okušal drobne zelene lističe. Malči je to vedela in očitala mu je v srcu, da je tako umazan in požrešen. Ona je pač lizala tuje bonbone, toda kanarček ne bi smel.

Veliko grozo je občutil kanarček, kadar je prišel Rezikin oče. To je bilo dvoje silnih, težkih, črnih rok, dvoje lopat, ki sta bili ustvarjeni pač za samo ubijanje, za mračna hudodelstva. In vse je bilo temno, strašno -- vsa črna postava, dolgi brki v obrazu, globoki in raskavi glas. Dokler je bila v sobi ta strahota, ni pozobal kanarček niti zrnca. Rezika ni pustila, da bi stopil oče h kletki. Ali vendar ji je bilo malo sitno in prigovarjala je kanarčku.

"Zakaj pa se bojiš, Hanzek neumni? Saj oče tako majhen, nič ti ne stori hudega!"

35

Kanarček pa je le gledal. Majhen! Malo bi samo pomignil s tisto črno lopato, malo stisnil! -- In gledal je napeto in srepo, kako se je pomikalo po sobi, odvalilo se naposled, zaprlo duri.

"Bog poplačaj! Hvaljen bodi Jezus Kristus!"

Življenje je bilo zunaj, smeh je bil v sobi, bele postelje so se svetile...

Slutil je kanarček nekaj temnega, zato je bil časih otožen. Vse gorjé pride od zunaj, ali kedaj pride in v kakšni podobi, ni znano nikomur. Skrivajo se tam zunaj strašna čuda, lahko se odpró duri nenadoma in prikaže se... Silne črne roké segajo po posteljah, segajo v kletko; niti glasú od nikoder; oči buljijo v mrzli grozi, ne morejo prositi...

"Ne boj se, Hanzek!" ga je tolažila Malči, kadar se je skrival, kadar je nenadoma zastokal od velike bojazni."Nič se ne boj, saj sem jaz pri tebi!" Poletel ji je na glavo, igral se je z mehkimi svetlimi lasmi in če je iztrgal las, ga je ponesel nemudoma v kletko. Napotil se je časih po sobi, od postelje do postelje je hodil, zabaval se je prijetno, jezil se malo, zapel za kratek čas, pozobal drobtino kruha, naposled je našel belo nitko, ali je izrval iz blazine mehko perce ter se je vrnil v kletko. Položil je nitko, perce v kot, pomislil je malo, toda ni se mogel domisliti. Poskočil je na najvišji klin, mencal nitko pod nogama ter zapel dolgo in lepo pesem.

Gledale so nanj z zadovoljnim in ljubeznipolnim pogledom, sami materinski obrazi.

"To je naš kanarček, takega ni nikjer in ga nikoli ni bilo!"

Na duri pa je trkalo življenje, ki je živelo zunaj v svoji strahoti.

Bila je žalostna nedelja, mrzel in meglen dan je bil zunaj, prišlo je malo ljudi in dolgočasni so bili še bolj nego drugače. Malči se je ozrla malomarno; prišla je mati in je malo posedela in je šla. Nekaj neizmerno težkega in otožnega je bilo v sobi, kakor meglено nebo tam zunaj, kakor vse življenje tam zunaj. Ni bilo še potrkalo in že je bil v sobi njegov bolni dih. Katica je čakala, nemirne so bile njene oči, matere ni bilo. In tedaj so se odprle duri na stežaj in prišlo je hrupoma.

Prikazal se je med durmi velik, širokopleč človek. Oblečen je bil slabo, ves je bil umazan in raztrgan. Mraz je bilo pač zunaj, ali imel je tenko črno suknjo s škrici, posvaljkano in obnošeno. Sive karirane hlače so bile spodaj čisto razcefrane in tudi čevlji so bili razhojeni, zevali so, da so se kazale mokre nogavice. Obraz je bil zabuhel, poraščen, sivobled, oči so gledale motno in so bile vse rdeče.

Postal je med durmi in se je ozrl po sobi.

"Kje je Katica?"

Ni je videl, bila je poleg njega, na prvi postelji.

In Katica je vsa vztrepetala, vzdignila je malo roko, kakor da bi se hotela braniti, ali prišla je z bolno roko komaj do obraza.

"No, glej, Katica, danes sem prišel jaz! Da te vidim! Kaj gledaš, ali ti ni prav?"

Katica je gledala, kakor da bi jo hotel oče udariti s pestjó in zmerom še je držala roko pred obrazom. Sestra Cecilija je bila prišla, stala je zraven duri, obraz rdeč od nemira; gledala sta oba enako, boječe in radovedno, sestra Cecilija in kanarček.

"Že dobro vidim, Katica, že vidim čisto dobro! Kakšne reči pa ti je pravila? Zato sem prišel, da bi malo pogledal. Kaj res misliš, da sem tak pijanec? Da vse požrem, zapijem na žganju? Da ji še solda ne dam, da tepem otroke? Da so lačni? Da so goli? -- Laž, Katica, laž! Sem vedel dobro, da ti vse to pripoveduje in da ti vse to verjameš, ti otrok neumni! Zadosti denarja ji dam, ampak ona --"

Govoril je zelo na glas, hitro in jezno; držal je Katico za roko, da jo je bolelo. Sestra Cecilija je videla Katice obraz, zasmilila se ji je in čudno strah jo je bilo. Okrenil se je nenadoma k nji.

"No, sestra milostiva, ne glejte me tako, nisem prišel krast!"

In hotel se je nasmehniti.

"Oprostite, jaz nisem, kakor si morda mislite, človek brez manir, pijanec in tako. Oprostite, jaz znam francoski. Comment vous portez-vous? -- Nič?... Katica, no, še zmerom se me nisi privadila..."

Ustnice so se smehljale prijazno, ali v očeh njegovih se je bliskalo od tihe jeze.

"Ná, Katica, prinesel sem ti nekaj. Ali ti ona kaj prinese, &kadar pride?... Ná in jej, dobro je!"

Prinesel je piškotov in piškoti so dišali po žganju. Katici se je zagabilo, ko jih je ugledala, ali tresla se je od bojazni in jedla je.

Nato je pogledal po sobi. Drobni, prestrašeni obrazi so strmeli vanj, glasu ni bilo od nikoder. In zasmejal se je široko.

"Kaj se me bojite, otroci? Kaj sem takšen? Čakaj, ti, čakaj!"

Obrnil se je k Lojzki. Lojzka je gledala predrzno, ali držala se je stola krčevito z obema rokama.

"Ej, otroci, jaz nisem takšen! Ko bi bil vedel, bi vam bil vsem kaj prinesel. Vsem! Bonbonov, jabolk, pomaranč! Kadar pridem vdrugič, vam prinesem vsem!"

Smejal se je, ali jeza se je razlila iz srca v oči, na čelo, na ves obraz; ustnice so se odpirale, kakor da bi se smejale, toda kazale so samó ostre hudobne zobé.

"Zakaj pa se me bojite? No, zakaj?"

Ozrl se je na Katico; ležala je na postelji, kakor umirajoč vrabec na dlani.

Ni mu bilo več prijetno, žal mu je bilo, da je bil prišel. Toda rad bi se poslovil prijazno -- bilo mu je, kakor da bi bilo zaklicalo z lepim glasom od nekod, iz davnodavne preteklosti.

Pobožal je Katico po licih; roka je bila raskava in je smrdela.

"Nisem tako hudoben, Katica, kakor misliš!l Vsak človek ima bolj črno senco, nego je sam. Blagor se tebi, Katica!"

In se je ozrl.

"Nisem tako hudoben, otroci, nič me tako ne glejte!"
Začivkalo je, zastokalo.

"Ej, in kanarčka imate tudi, kako lepega kanarčka, ej!"
Zaklicalo mu je v srcu in zapelo, sam ni vedel, kako se je zgodilo.
In šel je preko sobe, silen in črn, od groze prepadli obrazi so
gledali nanj.

Malči se je hotela vzdigniti, hotela je iztegniti roko, hotela je
izpregovoriti... "Ne kanarčka, kanarčka nikar!" Toda ni se
zgenila in glasu ni bilo iz grla...

Ali vratca so bila odprta, Bog je hotel in bila so odprta.
Kanarček je gledal in se je tresel. Tam je prihajalo, bližalo se je
kakor gora.

V poslednjem trenotku -- že se je bila iztegnila silna črna
roka -- je skočil na prag, neokretne, od groze odrevenele so mu
bile nogé, niso se hotele vzdigniti perotnice, bila je nezavedna,
obupna moč. In takrat se mu je zasvetilo nekaj čudnega -- tam je
rešitev, tam zunaj! Z vso silo se je pognal proti oknu, udaril je ob
steklo in je padel na polico. Rezika je bila tam, bleda,
trepetajoča.

Vzela ga je v roko, varno, nalahko, nesla ga je k postelji, kjer
je sedela Malči, roké uprte ob blazine, oči široko odprte, ustnice
bledosinje.

Komaj je prišel Reziki šepetajoč glas iz grla.

"Malči, glej!"

Položila je kanarčka na vzglavje, malo se je še stresel in je
umrl...

Tako je bilo prišlo življenje, ki je živelo tam zunaj v svoji
grozi; prišlo je kakor volkodlak opolnoči -- ostala je bleda groza,
ko je posijalo jutro in šele počasi, mukoma, se je izvil iz prsi
glas, so se izvile solze iz oči in je dihalo srce...

Bližala se je zima, slišale so zvečer, kako je potrkavala na
okno. Že je bila osmukala drevje zunaj; sonce ni gorelo več,
sijalo je kakor v mrzli vodi, v veliki mirni reki tam gori, ki se je

že pokrivala s svetlim ledom.

Ali tu notri ni bilo zime, ne mraza, ne burje; zima je prihajala kakor Božje dete, gorka in prijazna. Kakor Božje dete je prihajala in kakor sestra Cecilija, ki je napravljala jaslice ter se smehljala, smehljajoče oči polne lepih skrivnosti.

Prišla je zjutraj sestra Cecilija, skrivala je nekaj v rokah, ali gibalo se je in je brcalo.

"Otroci, glejte!"

Sklonila se je, izpustila je iz rok in skočilo je na tla -- smešno, nerodno, črno.

Zasmejale so se na glas.

"Vrabec! Vrabec!"

Vrabec se ni zmenil za nikogar. Zelo mlad je še bil, niti zobati še ni mogel in treba bi ga bilo pitati. Ves kuštrav je bil in grd; repa še imel ni, perje mu je viselo navzdol, nerodno in zmršeno -- kakor premočen havelok. Kljun je bil zelo širok, oči se ni videlo. Poskakoval je, kakor da bi hotel pasti na glavo in tako je cepetalo, kakor da bi nosil copate. Vse so bile okoli njega, on pa si je našel pot -- cepet, cepet -- in že je bil pod posteljo.

"Kje pa ste ga dobili, sestra Cecilija?"

"Zmrzaval je na vrtu; padel je z drevesa, ker še ne more leteti, siromak!"

Zaropotalo je pod posteljo, nekaj se je prevrnilo, copat ali kaj. In spet se je prikazal na drugi strani -- cepet, cepet...

Sestra Cecilija je gledala nanj in ko je bil tako črn in potuhnjen v mokrem haveloku, se je nasmejala.

"Anarhist!"

In anarhist se ni udomačil, ni maral lepe, bele, zakurjene sobe. Tudi ljubezni ni maral. Hotele so ga pitati. Malči ga je vzela k sebi v posteljo, da bi ga ogrela. Ni maral jesti in tudi ogreti se ni maral. Komaj se je Malči zavedla. že je štrbunknilo na tla in -- cepet, cepet...

"Kaj pa je temu vrabcu?" je prašala Malči nejevoljno; razžaljena je bila, ker se ni zmenil zanjo in ker ni maral njene ljubezni.

"Ne znaš ga pitati!" je dejala Lojzka in se je vozila po sobi za njim; cepetal je naokoli in se je umikal, Lojzka pa je bila trudna.

"Čemu pa nam je prinesla to grdo žival? Če mu tukaj ni povšeči, pa naj bi bil zmrznil!"

Anarhist je iskal, Bog vedi česa; stikal je po kotih, vso sobo je že preromal in vsevprek; če je počival, se je stisnil v temò in takrat se je zdelo, kakor da se sveti dvoje svojeglavnih, upornih oči.

Izpustile bi ga bile, ali sestra Cecilija ni hotela.

"Si že poišče drobtin pod mizo; ni treba, da bi zmrznil." Prišel je blizu Lojzke, pahnila ga je z roko in smejale so se, ko se je prevalil ter zibaje se in cepetaje odkobacal. Pod okno je prišel in ozrl se je navzgor in je poskakoval. Peroti so bile preslabe, mučil se je in je padal; komaj dve pedí visoko je mogel poskočiti, niti roba nizke postelje ni dosegel. Tekal je pred oknom, kakor je bilo široko, poskočil je tu, poskočil je tam, ali nikjer ni bilo nižje.

Reziki se je zasmilil, vzdignila ga je na polico. In takoj je poskočil, butnil je ob okno z glavo, z vsem majhnim neokretnim životom. Butnil je, ali sunilo ga je nazaj, padel je na polico. Vzdignil se je precej, šel je po polici malo dalje, poskočil je in je butnil znova. In spet ga je sunilo nazaj, spet se je zvrnil ter se precej pobral. Vstopil se je sredi police, videl je ven -- tam je bilo nebo, črne hiše so bile, videl se je vršiček golega drevesa. In anarhist je pozabil, da ga je bilo sunilo nazaj -- saj je bilo tam zunaj nebo in črne hiše so bile in videlo se je golo drevje in vse je bilo tako blizu...

Spet je udarilo zamolklo in spet je padlo. Hotel se je hitro vzdigniti, ali prevrnilo ga je, nato pa se je le vzdignil in je tekel dalje po polici. Nič več ni vedel, da ga je bilo sunilo nazaj, samo to je vedel, da je zunaj nebo in da je drevje zunaj. Tako je butalo zamolklo, neprestano, kakor da bi bil s pestjo ob okno.

"Pa skoči ven! No, pa skoči ven! Skoči! Skoči! Hop!"

Lojzka se je smejala hudobno, vse so bile poleg in so gledale, kako je poskakoval in padal.

"Skoči ven, če ti ni povšeči pri nas! Skoči, anarhist!"

Butilo je in se je prevalilo in je padlo na tla, kakor težek črn klopčič.

"Poginil je!"

Gledale so, nobena se ni genila. Ali vrabec se je stresel, pobrcal je z rumenimi nogami, vstal je.

"Ej, vrabec!" se je razjezila Lojzka."Kakor od lesá je." Komaj se je vzdignil, je poskočil znova proti oknu, ali zdaj komaj za ped visoko; padal je bolj težko, bolj že na prsa in na glavo kakor na noge. Toda ni se utrudil, tako dobro je vedel, da poskoči naposled dovolj visoko in da poleti ven, kjer je nebo in kjer je drevje. Ves čas ni bilo glasu iz njega, nikogar ni bilo, da bi govoril z njim, ali da bi se jezil, ali da bi prosil.

In poskakovalo je neprestano, tekalo ob oknu, poskakovalo in padalo.

A ko se je oziral navzgor, mu je temnelo zmerom bolj pred očmi, ginilo je nebó, ginilo je drevje, noč temnih poslopij se je širila in širila, zagrnila je vse.

Komaj za palec visoko je še poskočil -- ali glej, že ni bilo ničesar več, niti okna ne...

Niso se več zmenile zanj, luč je že gorela, napravljale so se spat. Nehalo je padati, tudi cepetalo ni več, anarhist se je bil skril, Bog vedi kam. Nič se ni več zgenilo, zaspale so...

Ko si je Lojzka zjutraj obuvala copate, se je prestrašila in je zavpila. Črn klopčič se je izvalil iz copata, skrit je bil globoko na dnu.

Pahnila ga je stran z nogo, gnusil se ji je anarhist. Kremplji so bili čudno zviti, sključeni, glava je bila vsa ranjena, komaj še se je poznalo, kjer so oči in kje je kljun, vse je bilo krvavo in zmršeno. Z metlo so ga pomedle skozi duri, na mostovž. Tako je poginil; ne žalosti ne spomina ni bilo po njem.

V

Prišla je zima, polagoma in nevidno, kakor starost: včeraj so bila lica gladka, zgrbljena so danes, kdo bi si pač mislil, da so minili dnevi in da so minila leta.

Osorna je bila zunaj in nepriljudna; čemerno je bilo nebo in videlo se je, da so mrzli celo oblaki, ki plavajo po njem. Na gole veje zunaj je bilo leglo ivje, okna so bila zjutraj z rožami preprežena. Brezzoba in neprijazna starka je bila zima zunaj, starka skopa in godrnjava, ki je hodila z velikimi koraki po suhem snegu ter rožljala z molkom.

Ali drugačna je bila v sobi; mamca je bila, ki sedi za pečjó in pripoveduje bajke o vedomcu, o polnočnih strahovih, o beli ženi in torklji...

Nočilo se je zgodaj; sence so prišle in prišel je mir. Topla in prijazna je bila svetloba, ki se je razlivala od stropa, svetloba domačega, veselega sonca, ki ni tako ošabno in gosposko kakor ono sonce tam zunaj, ki se zasmeje malokdaj;, to malo belo sončece je bilo kratkočasno, kakor da bi tudi samo pripovedovalo prešerne pravljice ter se jim samo smejalo...

Zunaj pa je bil mraz in je bila noč; življenje, zaničevano in zaničevanja vredno, je šlo mimo; brezzoba, osorna starka je šla godrnjaje mimo in je rožljala z molkom...

Kakor čarovnica je šla mimo zima, je šlo življenje. Otroci so se je bali, stisnili so se v kot in so gledali s prestrašenimi očmi. Tako pripoveduje pravljica: vstal je otrok in je šel za starko-čarovnico, po globokem snegu, skozi zimski gozd; kamor ga je vabila, je šel za njo, trepetajoč od mraza, srce polno strahu in čudnega hrepenenja. Šel je otrok za starko, skozi zimski gozd; izgubil se je in je legel in je umrl žalostno; od daleč se je zagrohotala starka...

Ugasnilo je prijazno sonce na stropu; veter je bil zunaj in okna so se časih nalahko stresla; zagrnjena so bila slabo in zimska noč je gledala skozi špranje.

Tini se je zdelo, da gleda na njeno posteljo zimska noč z velikimi črnimi očmi. Težko ji je ležalo na srcu, ni ji bilo do spanja. Vzglavje je bilo vroče, vsa postelja je bila vroča in trda. Sedla je; oči so se privadile teme in so videle po sobi: postelja ob postelji, skuštrane glave, polodprta hropeča usta; obrazi so bili drugačni kakor podnevi; zdaj ni bilo na njih nič veselja, nič mladosti; na licih, okoli oči in ustnic je bil starikav, bolen izraz; posebno oduren je bil obraz grbave Brigite, sivorumen, čudno spačen, kakor obraz opice; izza odeje je gledala noga: kost, zavita v ohlapno rumenkasto kožo. Nad posteljami visoke, mrtve stene -- take stene, si je mislila Tina, so v ječah, stene, na katerih je zapisano trpljenje in uboštvo ljudi, ki so gledali nanje. Vsi vzdihi so še ostali na stenah, vse težke misli so ostale tam; in kadar je noč in tišina, tedaj vzdihuje zopet, vzbudi se staro trpljenje in toži v razločnih besedah. Gorje mu, kdor se vzdrami in posluša, gorje mu, kdor pozna te vzdihe in razume te besede; nikoli jih ne pozabi več in žalostno je njegovo življenje.

Tina je poslušala in je razumela vse in zato je bilo njeno življenje brez veselja. Tina, kakšna je bila tvoja mladost? Zazeblo jo je, lica so se ji zgrbila in zdelo se ji je, da so trda in mrzla kakor od usnja; videla je zdaj natanko po sobi; in kakor bi bila ta soba mrtvašnica in kakor da bi bila mrtvašnica njeno življenje... Ali nekoč je bilo drugače. Zapisano je v pravljici, da je živel človek drugo življenje, predno je prišel na svet, in ono življenje da je same radosti polno. Resnico pripoveduje tista pravljica. Tina se pač ni spominjala, samo čutila je, da je bilo nekoč drugače -- Bog vedi kedaj, Bog vedi na katerem svetu. Obraz je živel v njenem srcu, lep in milostipoln, kakor obraz Matere božje v kapelici, Sklanjal se je k nji, govoril je ljubeznivo... in tam je bil vrt... grede rdečih rož, zelene trate in lepo visoko drevje... imela je punco v pisano žido oblečeno, z dolgimi plavimi lasmi... Bog vedi, kedaj je to bilo in na katerem svetu; zazibalo se je, zatonilo je; kar je bila videla še pravkar jasno pred sabo, ni bilo nikjer več, spustilo se je veliko črno zagrinjalo; od daleč so gledale samo še milosti in usmiljenja polne oči...

Mrtvašnica je bila njeno življenje od prvega dne in bo ostala na vse večne čase.

Spominjala se je na visoke ozke stopnice v predmestju, Pred davnim časom je bilo. Plezala je po stopnicah, počasi, bolna noga je drsala za njo kakor mrtva. Tiščala je v roki steklenico in v steklenici je bilo žganje. Bodalce je zarezalo v rano, zakričala je, Bog se usmili, steklenica je ležala razbita na tleh. V tistem hipu je bolečina odnehala, vse je odnehalo, kakor smrt se je razlilo po životu. Skrila se je v kot ob stopnicah in je čakala noči. In ko se je mračilo, je molila -- mislila si je, zdajle pride, Bog vedi odkod, usmiljena roka, pride morda sam božji angel, kakor se je zgodilo v povesti, ter jo povede s seboj. Mraz je bilo, že je legla noč. mostovž je bil teman, samo ob oknu, ki je gledalo z mrkim očesom na ozko dvorišče, je bilo nekaj belega. Svetilo se je zmerom bolj, zdelo se ji je, da se premika, da namiguje. Groza jo je bilo, glavo je klonila med kolena, život se je stresal. Plazila se je k durim, poslušala je, roka je pritiskala boječe na kljuko. Duri so se odprle in tedaj se je zgenilo tudi znotraj, zaropotalo je, kakor da bi bilo prevrnilo stol. Bližalo se je s težkimi, omahujočimi koraki, dvoje oči se je zasvetilo. "Kje imaš šnops?" Sklonila je glavo, zatisnila je oči in je iztegnila predse plašne roke. Zgrabilo je s silno pestjo, glava je bíla ob tla, ob zid, čudno je drsala bolna noga, nič je ni bolelo, mrtva je bila in lahka, kakor kos obleke. Ni prosila in tudi jokala ni; ovladalo jo je naposled nekaj sladkega, mehkega, vse je bilo tiho, čudomirno. Ko se je vzdramila, ni stopila nikoli več; iz rane je teklo neprestano.

Vse je bilo tam strašno, Bog je bil pač proklel tisto hišo in vse ljudi, ki so bili tam in vse veliko temno predmestje. Tam ni bilo prijaznih obrazov, ni bilo veselih oči; črno je bilo vse in umazano, smrdelo je po žganju in po gnoju. Prestrašila se je, kadar se je bližal korak, zakaj vsi ljudje so bili zli... Prišla je tista zima, ko so zgrabili njeno posteljo ter jo nesli dol po visokih ozkih stopnicah ter jo položili na dvorišče, na kup gnoja. Tam je ležala dva dni in dve noči; mraz je bilo in drugo noč je naletaval sneg, tako droban in mrzel, da jo je zbadal v lice, v roke kakor z iglami. Ali tista noč je bila lepa, izmed vseh noči najlepša. Tina je bila lačna in bi prosila kruha, toda bilo ni nikogar. Tako se je zmračilo, vse je bilo tiho in samotno in Tina si je zaželela smrti. Prvikrat si je je zaželela in obšla jo je ob tej želji neznana sladkost. Vse je dozorelo v nji ob tisti uri, tisto noč. "Kakšna je smrt?" si je mislila Tina. Starka je, zavita v gorek kožuh, toplo ruto ima na glavi in izpod rute gledajo prijazne oči. Pleten koš ima v roki, belo pregrnjen, in v košu so sami kolači; lepo diši, kakor iz slaščičarnice. Pride bliže in pogleda in se skloni. Odgrne koš, poseže vanj... ali ne prihaja tam? Zgenilo se je, prikazalo se je nekaj ob zidu, ziblje se, ziblje, ne približa se... Starka prijazna, v gorek kožuh zavita, približaj se!... "Vstani, Tina," poreče, "pojdi z mano!" In vstane in pojde... Glej, vstala je in se je napotila. Hodila je kakor v sanjah, lahko, komaj so se dotikale tal noge. Odpiral se je svet, nebo se je odpiralo. Spomnila se je Tina na svojo umazano in cunjasto obleko in bilo jo je sram. Ali ko se je ozrla dol po krilu, je opazila zelo vesela, da nosi lepo belo krilo, rdeče obrobljeno. Že so bile zvezde blizu, skoro bi se jih lehko doteknila z roko, bleščeče so bile in prijazno migljajoče, kakor zvezde na božičnem drevescu, izstavljenem v oknu slaščičarnice. Prihajali so angeli, zamahovali so nalahko z belimi perotmi, da ji je dihala v lica prijetna sapa. Zasvetilo se je od daleč kakor sonce, zazvonili so zvonovi, zapeli so zvonki glasovi veselo pesem. Stisnila se je k starki, od radosti je zatisnila oči... In ko je zatisnila oči, je vse utihnilo; tedaj se je vzdignil iz daljave, od onkraj oblakov osoren glas, udaril je kakor s pestjo, in oglasili so se drugi, zmerom bolj so se bližali, skoro je že razločevala besede in ni si upala odpreti oči. Prišli so, zgrabili so postelj in so jo vzdignili; zgenila je nalahko s trepalnicami, ali težke so bile, kakor lesene, in komaj se je zasvetilo: bradati moški obrazi, tuji ljudje... Padla ji je snežinka na oko, spreletelo jo je in vse je izginilo, ni bilo več ne dvorišča ne tujih obrazov, ničesar ni bilo...

Tudi to je bil drug svet, drugo življenje je bilo; za črnim zagrinjalom je zdaj, ki se odmakne komaj časih, komaj za trenotek -- takrat, kadar je noč in strmé oči na sive stene mrtvašnice. Prikaže se na steni čudna podoba, prikažejo se visoke ozke stopnice, naslikano je dvorišče, obzidano vsenaokoli z mokrim zidom, iz katerega gledajo umazana okna, kakor smrtiželjne oči bolnika, na gnoju umirajočega. Bog vedi kedaj je bilo in na katerem svetu...

Zašumelo je na postelji ob oknu; Malči je bila zavzdihnila v spanju in zamahnila z roko. Tina se je stresla od mraza, legla je in se je odela do vratu. Ali takoj je bilo vzglavje spet vroče in trdo, misli so prihajale, spanja ni bilo...

Dolgo že ni bilo spanja, nič lepih sanj; njeno srce je bilo žalostno, želelo si je in ni vedelo kam. Tesen ji je bil dom:. dva metra dolg, meter širok, tesen kakor rakev. Nikoli se ni ozrla na tablico, ki je bila nad posteljo in ki je bil na nji zapisan dan, ko so jo bili prinesli. Bilo je že dolgo od tega, celo življenje je bilo vmes; leto je bilo letu enako, da enak dnevu... Popotnik hodi, lahke misli v glavi, v srcu nič skrbi; kakor sanje je njegovo potovanje, ne čuti nog ne samega sebe, ne gleda naprej, ne ozira se nazaj, veselo izgubljen, kakor tica v zraku, ki jo nosi jug preko dežele; ali nenadoma se vzdrami, zmračilo se je morda, pooblačilo se je morda nebo; pade mu na srce težka misel, spomni se nase, na svoje žalostno življenje, na nelepo preteklost, na nemo prihodnost; ozre se nazaj -- in glej, prehodil je bil neizmerno pot, ne da bi bil živel; oči so izpregledale in zdaj je potrto njegovo srce, težak in nestalen je njegov korak... Zgodilo se je neko noč, da ni mogla spati in tedaj je slišala Tina prvikrat, kako so govorile stene. Poslušala je strahom in je spoznala mrtvašnico. Postelja ob postelji, rakev ob rakvi. In mrtveci vstajajo, hodijo naokoli s smešnimi, neokretnimi koraki, smejó se in kramljajo. Ali vse njih kretnje, vse njih besede so smrt. Njeno srce pa je gorko, njene misli so daleč zunaj, tam, kjer je življenje. Ugledala je mrtvašnico, življenje je prišlo v njeno srce in z življenjem vsa bridkost njegova... Da, prišla je bila starka, rožljala je z molkom, smejala so se brezzoba usta; in otrok je vstal in je šel za njó, kamor ga je vabila, šel je in se je izgubil; izgubil se je in je poginil, ker je bilo njegovo srce gorko in nepokojno... Kamor pride starka, brezzoba, z molkom rožljajoča, pride z njo zlò in nepokoj; gleda skozi okno, vabi, in gorje mu, kdor vstane...

Malči je videla, kako je bil poginil anarhist; želel si je življenja in je izdihnil klavrno v copati. Malči je pogledala Tini v obraz in se je spomnila na anarhista, zakaj njene oči so bile čudojasne. Vzbudila se je ponoči, ozrla se je naokoli in je ugledala Tino, ki je sedela na postelji; zunaj je bila bela noč, žarki jasnega neba so se kopali v snegu.

"Zakaj ne spiš, Tina?"

"O Malči, strah me je."

Malči je pomolčala, pomislila.

"Potrpi Tina ozdraviš in pojdeš."

Okrenila se je Malči na postelji, pogladila si je s trudno roko lase raz čelo in je zaspala mirno. Tina je gledala v noč, dokler ni legla kakor v omotici in so se spremenile nemirne misli v divjepisane sanje...

Prišla je zjutraj sestra Cecilija, postala je ob postelji. Njen obraz je bil resen, kakor lep spomin je bilo v njenih očeh, na njenih ustnicah. Pogledala je na lica, ki so bila bolnordeča, na oči, ki so se svetile kakor v vročici, na ustnice, ki so bile suhe in razpokane. Postala je in si ni upala prašati in je šla mimo; tudi v njena lica je bila stopila tedaj nenavadna rdečica in zasvetile so se tudi njene oči -- nenadoma je bila švignila senca preko poletnega travnika, švignila je in sledu ni bilo več po nji.

Spoznala je bila Tina, da je rakev njen dom. Živela je med mrtveci in vse njih početje se ji je zdelo zoprno in smešno. Njene oči so gledale drugam, drugod so hodile njene misli in če je govorila, so bile njene besede čudne in nerazumljive; prihajale so iz drugih krajev, izpod drugega nebá. In mrtveci so začutili, da je živo srce med njimi... Tako so gledale nanjo z nezadovoljnimi pogledi, smešna se jim je zdela in zoprna, komaj se je zgenilo še kdaj sočutje. "Če ti ni povšeči, pa pojdi; pojdi ven, kjer je golo drevje in sneg in kjer so ljudjé, ki imajo zle oči in roké nevarne in hudobne. Pojdi ven, kjer je življenje in pogini!"

... Ali anarhist se ni zmenil; butalo je ob okno neprestano...

Kaj ni drugega življenja zunaj, življenja, kjer ni visokih, ozkih stopnic, ne temnega dvorišča, obzidanega vsenaokoli? Ob tistem času, ko se je Tina vzdramila, se je zgodilo nekaj čudovitega; pobožala jo je po licih, po laseh bela roka, zdrknila je nalahko navzdol ter se doteknila njene rame, robca na njenih prsih... Pozdravilo jo je tisto življenje, kjer ni ne visokih, ozkih stopnic, ne temnega dvorišča, obzidanega vsenaokoli. Velik in strašen čas je bil, ko je spoznala mrtvašnico, svoj dom, in je zahrepenela s srcem polnim nepoznane bridkosti...

Brala je Tina nekoč knjigo, ki so bile v nji pisane podobe. Spominjala se je na podobo, kakor da bi bila naslikana tam na steni, nasproti postelje, pod podobo starca z rdečim ovratnikom. Na tisti podobi je bilo zeleno drevo in pod drevesom je bila klop. Fant in dekle sta sedela na klopi, glavo ob glavi, roko v roki. Nista si gledala v lica, oči so strmele kakor v sanjah Bog vedi kam daleč, tja preko sončne pokrajine, ki se je širila pred njima, kolikor daleč je segel pogled. Tudi govorila nista in ni se zgenila roka, ki je ležala v roki... Tina je gledala podobo in zmerom bolj so se napenjale prsi, zastokala bi, zavpila od hrepenenja in od bridkosti...

Prišel je prvikrat in ko je šel mimo, jo je pobožal po licih in po laseh, doteknil se je rame in robca na prsih. Tako je storil in je vzbudil njeno srce ter ga ranil za zmerom...

Tina je imela takrat štirinajst let; ob njenem godu je bilo, ko jo je pobožal prvikrat; njeno telo je bilo močno, že pol razvito; obraz je bil resen, malo preširok, oči so ležale globoko in so se smejale malokdaj. Govorila ni veliko, njen glas je bil globok in nelep. Jesensko popoldne je bilo, ko je prišel Edvard, brat Pavle, židovke. Prijazen je bil, govoril je s Tino, kakor da bi bila sestra njegova in ko je šel, se je ozrl še enkrat po sobi; z žarečim pogledom so mu sijale v obraz Tinine oči. Mlad je bil in lep, bela so bila njegova lica, na visoko čelo so padali svetli črni kodri; hodil je z lahkim gosposkim korakom in ko je govoril, ko se je nasmehnil, je bilo Tini, da bi mu stregla vdano in da bi bila njegova dekla za zmerom... Zaprle so se duri, ali Tina ga je videla ko je stopil prednjo mimogredé in se je nasmehnil veselo; prišla je noč in Tina ga je videla pred sabo in je čutila na licih njegovo mehko roko; in prišel je dan in drugi, teden je minil in mesec in Tina ga je videla pred sabo še zmerom in je čutila njegovo roko na licih, na laseh, na prsih. Čakala je nedelje s težkim srcem in žalostna je bila, če ni prišel. Kadar je bil dan lep in gorak, se je bala, da ne pride; želela si je neprijaznega neba, tistih nizkih, sivih oblakov, ko ne vé človek, kam bi se obrnil in se domisli bolnikov. Nikoli ni prišel sam, ali spoznala je njegove korake že iz nerazločnega šuma na koridorju. Postal je pred njo samo časih, ko je šel mimo dolge vrste postelj proti oknu, kjer je ležala Pavla. Postal je, kakor postane človek na cesti ter pogleda razmišljen, z navidezno pazljivimi očmi na malenkost, ki bi se ne brigal zanjo, če bi se mu mudilo. In tudi njegova roka se je vzdignila tako razmišljeno -- kakor človeku, ki gre po cesti in pogladi mimogrede otroka po plavih kodrih, ali odtrga morda zeleno mladiko iz žive meje. Tako razmišljene so bile tudi njegove oči in nasmeh na njegovih ustnicah je bil slučajen, brez življenja, nasmeh mrtve podobe, ki strmi v praznoto in se smehljá.

"Kako ti je ime?" je prašal, ko jo je ogovoril prvikrat. "Kako ti je, Tina?" je prašal pozneje. Nič drugega ni govoril, ozrl se je in je šel dalje, stopil je k Lojzki, ki se je smejala prešerno, k Tončki, ki je strmela srepo z velikimi slepimi očmi in je krčila obrvi, ker je ugibala, kakšen je pač obraz njega, ki stoji pred njo. Tako je hodil, da so minile ure in se je zmračilo, poslovil se je od Pavle pol prijazno, pol malomarno ter je šel prav tako razmišljen, kakor je bil prišel, s svojimi starejšimi sestrami, bujno razvitimi, kričeče oblečenimi židovkami.

Vsesani v bele roke, v beli obraz so mu sledili Tinini pogledi. In ko je bila noč, so sople težke njene prsi; vzglavje je bilo od žerjavice in žile so bíle na senceh, kakor da bi udarjalo s kladevcem.

... Pomlad je šla preko poljane in kjer je bila prej gola prst, je vzklilo čez noč bujno življenje, zgodilo se je božje čudo...

Rakev je bilo njeno mlado srce in nenadoma se je vzdignilo iz njega vročeživo, silno hrepenenje, vzklile so v bujnem bogastvu sanje kakor rože na divjem vrtu... Na klopi, pod kostanjem, sta sedela fant in dekle, glavo ob glavi, roko v roki in sta molčala. Ali glej, podoba je oživela! Oči, ki so gledale prej sanjavo na sončno pokrajino tam doli, so se domislile, so vzplamtele, boječi, hrepeneči pogledi so se iskali, ogibali, srečali so se naposled; lica so rdela, zgenila se je roka, ki je ležala v roki, telo se je stiskalo k telesu, ustnice so se bližale ustnicam, razpaljene, trepetajoče... pritisnila je čelo na vzglavje. "Sveti angel varuh moj, varuj mene ti nocoj..." -- Smehljal se je njegov obraz in ves bel je bil, ustnice pa so bile rdeče, napete; in bližal se je, njegova lepa bela roka se je bližala, že se je doteknila njenega vročega lica; in ona bi sklonila glavo, z obema rokama bi prijela njegovo lepo belo roko, pritisnila bi nanjo čelo, ustnice, pritisnila bi jo na prsi...

Sestra Cecilija je stala ob durih, njene oči so bile resne in žalostne; zazvonilo je na koridorju, gostje so se poslovili. Postala je, preko čela je šinila senca življenja, ki je minilo. Ozrla se je na Tino in je zaslutila, da je bilo iztegnilo življenje svojo grozno roko po nji. Tudi Malči je opazila to roko in v srcu se ji je zgenilo, kakor takrat, ko je butal ob okno anarhist...

Tina je ugledala kakor v ogledalu samo sebe in svoje življenje. Komaj malo je bilo posijalo sonce in samo mimo je bila šla pomlad, pa je vse dozorelo v nji, srce je začutilo in oči so izpregledale. Prišel je nekoč s sestrami in z njimi je prišlo mlado dekle; z enim samim pogledom je objela Tina njeno telo, njen obraz, njeno obleko in videla je, da je lepa ženska; obraz je bil poln svetlobe in veselja, telo je kipelo v bujni mladosti pod tesno, napeto obleko... Takrat še ni ozrl na Tino, ni je niti pozdravil, čudna luč je bila v njegovih očeh. Tina je sedela mirno, obrnjena proti postelji; začutila je v srcu kakor sram in skrila bi se. Zvečer se je razpravila hitro, legla je in se odela preko obraza.

Ko je bilo tema, se je vzdignila v postelji, nekaj grdega, pregrešnega se je vzbudilo v nji. Tipala je z rokami po svojem telesu, po ubogih, tenkih, čudno zvitih in skrčenih nogah, po bokih, po komaj vzcvelih prsih. Obšlo jo je, da bi se razpraskala, da bi rezala z nožem po teh hudobnih, prokletih, od Boga prokletih nogah, po prsih, ki so bile še polotroške in so se pač izgubile pod bluzo, pod predpasnikom, po obrazu, ki je bil surov in kmečki, po nerodnih delavskih rokah. O prokleto, prokleto življenje, od Boga prokleta mrtvašnica!

Mrtvašnica je večna. Pač je zunaj življenje, kjer ni tistih visokih ozkih stopnic, ne mračnega dvorišča, obzidanega vsenaokoli, pač so tam vrti in so travniki, pač so kostanji tam in klop pod kostanjem, kjer sedita fant in dekle, roko v roki, glavo ob glavi. Ali vrata vanj so zaklenjena za zmerom. Pred velikimi železnimi vratmi bi klečala, spačena in grda, od Boga prokleta, in bi gledala na vrt, tja, kjer sedita pod kostanjem on in ona, lepa in mlada obadva. Kleči pred velikimi železnimi vratmi, spačena, zavržena, in gleda, kako se sklanja glava h glavi, zmerom nižje, kako se bližajo ustnice ustnicam, kako se oklepa roka roké... Ej, prijela bi z močnimi delavskimi rokami, stresla bi se železna vrata, ne odklenila bi se nikoli. Zavržena za zmerom, mrtvašnica je večna!

Zakopala je nohtove v meso, vzdihnila je in vzdih je bil podoben siloma zadržanemu kriku... Malči se je premaknila v postelji, zamrmrala je nerazumljivo, slišala je krik v spanju in precej se ji je zazdelo, da je v bolnišnici kakor nekoč in da leži tam nag otrok, ki mu režejo v meso z ostrim nožem...

Tina je zaspala pozno in je kričala v spanju. Ko se je vzbudila, je bila odeja na tleh, na tleh je ležala tudi srajca in telo je bilo razpraskano od nohtov, drobna kapljica krvi je bila na prsih, prav pod vratom...

Prihajal je sveti Božič, ali na njegovi poti so bili megleni temni dnevi. In v tistih meglenih dneh je dozorelo Tinino življenje.

Pripravljala se je kakor na prvo sveto obhajilo. Tiha je bila in resna, v njenih mislih je ugasnil ves divji ogenj, pokojno so tekle in jasne so bile kakor studenec. Tako je prišla tista noč, kakor da bi bila od nekdaj že natanko določena; tista noč in druga nobena. Zgodaj se je znočilo, ves dan ni bilo zasijalo sonce, žalosten dan je bil, kakor poslednji dan grešnika, na smrt obsojenega. Tina je sedela ob postelji, čakala je, da bi ugasnila luč in da bi bilo tiho v sobi. In ko je ugasnila luč, ko je utihnilo šepetanje na posteljah in se je že oglašalo odtod, odondod enakomerno težko sopenje, je vzela Tina molek s stene in je pričela moliti rožni venec. Molila je in se je prestrašila; drugod so bile njene misli, ustnice so izgovarjale svete besede kakor v spanju, duša jih ni slišala in ne razumela. Pričela je znova, hotela je misliti na Boga, na Mater božjo, na nebesa; ali Mati božja ni imela milostipolnega obraza, oči so se ozrle nanjo in so gledale prešerno, hudobno -- bujno telo je bilo oblečeno v tesno obleko, da so kipeli v nji polni udje, in Tina je spoznala lepo žensko, ki je sedela pod kostanjem, roko v roki z njim. Spremenil se je tudi Kristus; nič več ni imel trnjeve krone na glavi, tudi krvavih solz ni bilo na licih; gladek in bel je bil njegov obraz, vesele so bile njegove oči, kakor takrat, ko je sedel pod kostanjem, roko v roki z njo... Čudno so se menjale podobe, ginile so in ugašale, vračale so se. Čutila je Tina, da se bojuje njen angel varuh z zlim duhom; tiščala je molek k prsim, molila je skoro na glas. In podobe so bile zmerom bolj mirne in čiste, misli so se vzdignile iz blatne prsti in so se vzpenjale zmerom višje. Že je slišala Tina besede, ki so jih izgovarjale ustnice in razumela jih je... Da, tam je življenje, kjer ni ne tistih strašnih stopnic, ne mračnega dvorišča, obzidanega vsenaokoli. Tam onkraj smrti... Lahko ji je bilo pri srcu; vzdigne si vesel otrok krilce do gležnjev in skoči z lahko nogo preko plitvega jarka, na ono stran...

Tiho je bilo v mrtvašnici; komaj se je časih zgenilo v spanju, v sanjah. Tina je prižgala svečo na nočni mizici poleg postelje. Iz predala je vzela zavoj užigalic in je delala počasi, nič se niso tresle roke; nato je nasula rdeči prah v kozarec. Razpravila se je in je legla v posteljo, rumena trepetajoča svetloba sveče je padala na pozlačeno svetinjo na njenem golem vratu. Snela je s stene malo črno razpelo in ga je pritisnila k ustnicam, desnica je posegla po kozarcu.

Na postelji, kjer je ležala Malči, je zašumelo.

"Tina!"

Vztrepetala je in se je ozrla.

Malči je sedela na postelji, zaspano in začudeno so gledale oči.

"Ali me nisi klicala, Tina?"

"Nisem te klicala, Malči; lezi in zaspi."

"Ugasni svečo."

Malči je legla; komaj so se bile zatisnile trepalnice, so se vrnile sanje.

Tina je bila vztrepetala in tresla se je še zmerom; tresel se je ves život, roka je tipala, komaj je bila toliko močna, da je mogla držati polni kozarec.

Počasi in polglasno je molila Tina očenaš, zatisnila je oči in je izpila do dna...

Zjutraj sta stala ob postelji sestra Cecilija in zdravnik, ki se je smejal blagohotno.

"Neumni otrok!... Hudega ne bo nič... no, nesite jo dol!"

Tina se je zavedla. Neizmerna groza je bila v njenih očeh: še so naokoli mrtvaške stene, rakve stoje tam v vrsti, mrtvašnica je večna.

Sestra Cecilija in sestra Agata, ki je bila prišla iz sosednje sobe, sta prijeli Tino in sta jo nesli dol. Malči je sedela na postelji in je držala v roki skodelico kave. "Klicala me je ponoči," je omenila z mirnim, skoro malomarnim glasom. "Jaz sem vedela, da misli odtod," je dejala Brigita in je srebala kavo, v roki pa je držala veliko žemljo...

Znočilo se je in pozabile so nanjo. Tina se ni vrnila več; ali ko je ležal nekoč pozneje otrok na njeni postelji in je ugledal ponoči strahom sive stene mrtvašnice, je strmelo vanj dvoje velikih oči, polnih groze in trpljenja...

Zunaj je bil mraz in je bila noč; življenje, zaničevano in zaničevanja vredno, je šlo mimo; brezzoba, osorna starka je šla godrnjaje mimo in je rožljala z molkom.

VI

Še malo dni je bilo do Božiča. In takrat so prišli gostje k Lojzki. Prišel je najprej elegantno oblečen gospod, v gorek kožuh zavit; držal se je malo skljúčeno, njegove noge so bile zelo tanke, na glavi je bilo le še malo las, skrbno počesanih preko pleše; in obraz je bil rumen, ves zgrbljen. Smehljal se je sladko, sklonil se je k Lojzki in jo je poljubil na ustnice in na lica. Nato je vprašal Lojzko, če bi šla domov za praznike.

"Ne!" je odgovorila Lojzka tako mirno in pogledala očetu tako mrzlo v obraz, da ni vprašal dalje in se je kmalu poslovil.

Prišla je drugi dan elegantna dama. Dihala je težko, govorila je hlastno in razmišljeno, slačila si je rokavice in jih spet natikala, ozirala se je, kakor da bi pričakovala nekoga. Pogledala je Lojzko z dolgim pazljivim pogledom od glave do nog in pogled se je ustavil naposled na copatah.

"Kako grde copate imaš, Lojzka!"

"Pa mi kupite druge... Zakaj pa ste prišli?"

"Kaj niso noge nič boljše?" Okrenila se je dama k sestri Ceciliji. "Kako pa je z nogami? Kaj ne bo nikoli boljše? Kaj pravi zdravnik?"

Od vseh postelj so se ozrle na damo zlovoljne oči. Zakaj govori o nogah? Kdo ji je dal pravico? Zase naj se briga in za svoj rdeči nos... Kadar je opravila z nogami, tedaj postavi sestra Cecilija platneno steno pred posteljo in vse se izvrši, kakor da bi nič ne bilo, oko se ne ozre na grde rane... Ženska pa pride in govori sredi sobe -- šla naj bi na cesto ter tam izpraševala ljudi: "No, kako je z nogami?"

Sestra Cecilija je skomizgnila z rameni in ni odgovorila. "Čudna bolnišnica!" se je razjezila dama in nato je vprašala Lojzko, če bi šla za praznike domov.

"Ne!" je odgovorila Lojzka in se ni več ozrla na mater. Dama si je hlastno natikala rokavice, stopicala je, ozirala se je in šla je naposled.

Lojzka je vedela, zakaj ni hotela domov. Ko so se zaprle duri za gospodom, za damo, so se zaničljivo napele njene rdeče ustnice, obrvi so se strnile.

Videla je dom, ki je bil lep, pač lepši od te velike sobe z golimi stenami, s štirinajsterimi posteljami. Tam so bile na stenah pisane tapete, slike v zlatih okvirjih so visele naokoli. Na tleh so bile preproge in sedel je človek na širokih, blazinastih stolih, ležal je na mehkih zofah in mirna zaspana svetloba je prihajala tiho skozi visoko okno, izza težkih zastorov, ki so segali do tal. V kotu je stala majhna mizica in na mizici so bile rože, težak, prijetno utrudljiv, uspavajoč vonj je ležal v sobi. Lepa je bila soba, ali vsa oskrunjena, polna zlih misli in zlih besed.

Oče je bil malokdaj doma, ali kadar je prišel, je bil njegov obraz osoren, gledal je hudobno in prav tako hudobno je gledala mati. Sedela sta za mizo, svetilka je gorela med njima. Oče je izpregovoril besedo, čisto kratko, kakor da bi mu bila slučajno zdrknila z ustnic, in tedaj sta odložila nože in vilice, lica so prebledela, ustnice so se tresle. Vstala sta in stala sta si nasproti s stisnjenimi pestmi, z očmi široko odprtimi, polnimi zlobe in sovraštva. Vsaka beseda, izgovorjena s hripavim glasom, izbruhnjena siloma iz umazanih prsi, je bila kakor ostuden pljunek; in obadva sta bila opljuvana, vsa od čela do nog oškropljena. Lojzka ni razumela od začetka in je jokala; pozneje pa je razumela, njena lica so bila spet polna in rdeča, ali oči so bile zrele in polne zaničevanja.

Kadar so prišli gostje, sta bila oče in mati čisto drugačna, vsa prijazna in ljubeznjiva. "Moja sladka Mimi!" je dejal tedaj oče in je pobožal mater po roki, po licu. "Moj falotek!" je dejala mati in se je smehljala cukreno. Obadva pa sta bila bolj gnusna, kakor takrat, ko sta si stala nasproti s stisnjenimi pestmi.

Zgodilo se je mnogokdaj, da je šla mati odpirat duri in je prišel tiho in s strahom tuj gospod. Ni bil zmerom isti; prihajal je vsaki nekaj časa in potem je nehal; mnogo jih je bilo. Mati je prinesla vina na mizo. Oblečena je bila v lahko, svetlo domačo haljo, roke so bile gole, tudi na prsih je bila halja odprta in videla se je bela polt. Sedela sta tesno drug poleg drugega, pila sta in sta se smejala, gospod je ovil roko materi okoli vratu, drugo roko je položil na njeno nogo, ki se je stiskala k njemu.

"Ali bi vina, Lojzka?" je vprašala mati.

"Ne maram!" je odgovorila Lojzka, ki je ležala na blazinastem stolu in se je igrala s knjigami.

Zašepetal je gospod: "Ali ne bi bilo boljše, če bi... otrok bi morda..."

Lojzka ni razumela, nagnil se je bil materi k ušesu, ali mati se je zasmejala.

"Otrok ne vidi nič... ne govori nič..."

Sedela je tam pol v njegovem naročju, noga je bila gola do nad kolena. V obraz je bila zardela, mokre so bile oči. Zavzdihnila je, sklonila se je k njemu še bližje, glava se je pritisnila na njegove prsi.

"Idiva!" je dejal gospod.

Šla sta v drugo sobo; duri so bile priprte in Lojzka je slišala nerazločen šum, pritajen smeh, polglasne, hlastne besede, grgrajoče, težko sopenje. Z veliko silo ji je bušila kri v lica, sram jo je bilo in ni vedela zakaj, zakrila si je obraz. Ko sta se vrnila čez dolgo časa gospod in mati, sta se poslovila hladno, poljubila sta se in ustnice so se komaj doteknile ustnic.

Prišel je časih oče pijan domov in je objemal mater. Mati se je spočetka branila, ali kmalu so zardela lica tudi njej in smejala se je na glas. Lojzka je legla na zofo in se je odela preko glave, da bi ne videla ničesar. Ali kakor da bi jo razodeval hudoben duh, je padala odeja zmerom raz oči in Lojzka je gledala izza polzatisnjenih trepalnic; v lica jo je žgalo, ali v životu ji je bilo slabo, vzdigalo se je proti grlu, kakor da bi bila popila gnusno tekočino.

Poleti je šla mati mnogokdaj z doma; ostal je samo oče, ker je moral v pisarnico, in služkinja je ostala, ki je bila grda in čemerna. In tedaj je prihajal oče s tujimi ženskami domov. Nekoč je prišla z njim boječa, siromašno oblečena punčka, pač komaj štirinajstletna; v roki je nosila košek cvetic, kakor jih prodajajo otroci na cestah in po gostilnicah. Prišla je in je ostala pri durih ter se je ozirala na Lojzko, ki je ležala na zofi, že slečena in odeta. Oče se je zasmejal in jo je prijel za roko.

"No, le dalje, punčka, nič se me ne boj!"

Komaj se je malo branila, oči so gledale plašno, šla je z njim, sedla je k njemu na zofo. Odmašil je steklenico, točil je vina.

"Pij!"

Lojzka bi ji zaklicala: "Beži! Pojdi domov in se skrij v posteljo!"

Ali punčka je pila. Z drobno boječo roko je prijela kozarec, malo je zatisnila oči in je pila; oče ji je gledal v obraz s predrznimi očmi, smeh je bil na njegovih ustnicah, v rumena, zgrbljena lica je bila šinila kaplja krvi. Objel jo je, posadil jo je bližje k sebi, posadil si jo je naposled v naročje. In punčka je pila, že so bila rdeča njena lica, prej tako bela in uboga. Ali kakor so rdela njena lica, je ginila iz njegovih tista kaplja krvi, ki je bila šinila vanje. Suha so bila zdaj, sivorumena in oči so gorele.

Lojzka je gledala, tresla se je, odprla je bila čisto oči, zato da bi jo videl oče in da bi se prestrašil -- ali ni je videl, smejal se je in je slačil punčko, ki je ležala v njegovem naročju in se je smejala sunkoma, pijana, pol nezavestna. Lojzka je videla, da so bile nogavice strgane, prevezane nad kolenom z navadno vrvico: videla je, da je bila uboga srajčka vsa umazana in zašita; ali telo je bilo belo in nežno, komaj so poganjale mlade prsi...

Lojzki se je zazibalo pred očmi, obrnila se je k steni, kakor da bi ji bil angel vrgel odejo preko glave -- izginilo je vse in vzbudila se je šele pozno v noč; bilo ji je težko in slabo in iskala je vode v temi...

Nekoč sta se sprla oče in mati; oče je udaril mater s pestjo v obraz, mati mu je razpraskala lica z nohtovi. Nato sta se ločila; mati je napolnila kovčke in je šla. Toda vrnila se je kmalu, oče sam je bil šel ponjo. Takoj prvi dan, ko se je vrnila, sta si stala nasproti s stisnjenimi pestmi, oči polne zlobe in sovraštva. Ali narazen nista mogla; šel je oče, šla je mati, ali obadva sta se vračala na dom, ki je bil do vrha oskrunjen in opljuvan, in baš zato, ker je bil oskrunjen.

Zdravnik pa je bil blag človek; ozrl se je malo naokoli in je videl, kako je bilo opljuvano na preprogah, na tapetah, na zofah in tako je ukazal, da mora Lojzka v bolnišnico. Mati je zajokala, ali komaj so prišle iz oči drobne solze, je zadonela godba na cesti in mati je pohitela k oknu...

O Božiču in o Veliki noči sta prihajala, ali Lojzka ni hotela z njima; če bi jo hoteli odvesti siloma, bi se držala postelje z obema rokama, grizla bi s krepkimi zobmi in bíla s pestjo. Dobivala je ob praznikih slaščic, kolačev, pomaranč, piruhov; razdelila je vse med tovarišice, sama ni okusila ničesar...

Zaničljivo so se napele njene ustnice in obrvi so se namršile, ko so se zaprle duri; življenje je šlo in oči so gledale za njim brez sočutja, polne zaničevanja.

"Zakaj nečeš domov?" je vprašala Brigita.

Lojzka se je komaj ozrla in ni odgovorila. Ali Brigita bi bila šla s tako bogatim gospodom, s tako elegantno damo na bogat dom, v veliko hišo, kjer je vseh sladkosti dovolj. Zakaj tudi Brigita je nagnila glavo in je poslušala, kadar je šlo življenje mimo, zdrznila se je in bi ubogala, kadar je šla zunaj mimo okna starka in je vabila... Ali Brigitin dom ni bil lep. Tam nekje je bil v predmestju, kjer so hiše, komaj dozidane, že stare in čemerne. Stanovali so v pritličju, v dveh vlažnih sobah, kjer je bilo vse temno, mrzlo, neprijazno. Komaj na večer je posijalo malo sonce, ali izginilo je takoj za visoko streho, zakaj dvorišče je bilo ozko in na vseh straneh se je vzdigalo silno zidovje.

Mnogo ljudi je stanovalo v tistih dveh sobah; prihajali so pozno na večer spat, ali predno so zaspali, so še kartali, razgovarjali se na glas in se smejali, tudi sprli so se mnogokdaj in nekoč so nesli pozno ponoči iz sobe pijanega človeka, ki je bil ranjen z nožem. Petero moških je bilo, vsi sami delavci; eden izmed njih je imel pri sebi tudi ljubico in otroka, ali otrok je bil bolehav in je kmalu umrl. Brigitina mati je bila krepka in lepa žena; ni delala veliko; sedela je za mizo in se je veselo razgovarjala, popoludne je spala. Oče je bil suh, bled in plašljiv, hodil je s sklonjeno glavo in je govoril malo; delal je ves dan in denar, ki ga je zaslužil, je dal materi. Časih -- v soboto, kadar je bilo veliko denarja pri hiši -- so napravili lep večer, jedli so in pili pozno v noč, godli so na harmoniko in plesali. Pila je tudi Brigita, sedela je na postelji in je gledala in se je smejala. Ko je bilo že pozno, so objemali mater vsi po vrsti in so jo poljubovali, in mati je bila vesela, vsa rdeča je bila v obraz in se je smejala zvonko. In potem so šli v drugo sobo, hrupoma so zaprli duri in slišal se je čuden krik, smeh, ropotalo je in se prevračalo. Oče je ostal pri Brigiti, bled je bil in oči so se svetile čudno. Hodil je po sobi kakor pijan, nato je legel, toda ni zaspal, ker je videla Brigita, kako so se svetile v temi oči... Nekaj čudnega se je zgodilo nekoč. Zvečer je bilo, ko so se vračali delavci in prišel je tudi Franc, kovač; velik in močan fant je bil, roke je imel črne. Prišel je in mati ga je pozdravila prijazno, prinesla mu je večerjo in sta sedela in večerjala. Po večerji je slekla mati bluzo, da so se prikazale gole roke in Franc jo je objel in jo je poljubljal in tudi ona mu je položila obe goli roki okoli vratu. Nato je legla mati na posteljo, na odejo in se je smejala na glas, roke je bila položila pod glavo in visoko so kipele prsi. Tedaj so se odprle duri in prišel je oče. Mati se ni zgenila, ozrla se je komaj in je dejala: "Zunaj imaš večerjo, pa tam jej!" Oče se je okrenil, ali ko je bil že pri durih, se je vrnil, zibal se je, kakor da bi bil pijan, stopil je k Francu in Franc je zakričal in je sunil očeta v prsa, da je udaril ob steno, potem pa se je zgrudil tudi sam in vse polno krvi je bilo na tleh. Mati je skočila s postelje, vpila je "Franc! Franc!" in je pokleknila k njemu. Nato je hipoma utihnila, vstala je in je šla počasi proti očetu, ki je stal ob steni in se je tresel od strahu in je iztegal roke, da bi se branil. Toda mati ga ni udarila, samo pokazala je s prstom proti durim in oče je šel. Že je bilo mnogo ljudi, tudi zdravnik je prišel, nepokoj in hrup je bil pozno v noč... Franc se je vrnil čez nekaj tednov, očeta pa ni bilo nikoli več.

Ti spomini niso bili čisto jasni in izgubljali so se zmerom bolj. Živ in jasen pa je bil v njenem srcu tisti večer, ko je doživela čudno radost, grozno in lepo obenem. Stanoval je tam delavec, grd in slaboten človek. Vodeno in nezaupljivo so gledale njegove oči, roke in noge so bile dolge in nerodne, kakor opičje, malo je govoril, kadar so bili drugi veseli, umikal in skrival se je njegov nestalni pogled. Samo nekoč je videla Brigita, da se je vzbudilo življenje v njem; sam je bil doma in je sedel za mizo, ko je prišla iz druge sobe delavčeva ljubica, majhna in debela, neokretna ženska, ki je bila zmerom umazana in nemarno oblečena; šla je mimo mize, on pa je nenadoma iztegnil dolgo roko, potegnil je žensko k sebi in ji je pričel trgati bluzo na prsih, tako da je bila hipoma vsa razgaljena. Stala je in se je čudila in ni rekla drugega kakor: "No! no!" On pa jo je prijel in jo je sunil v drugo sobo, nič ni govoril in še duri ni zaprl za sabo. Ko se je vrnila ženska, se je smejala in se je čudila še zmerom: "Kakšen človek! Kakšna žival!" Smejala se je potihoma in je šla v kuhinjo... Ob nedeljah je bila Brigita sama doma, vsi drugi so šli in se niso vrnili do noči. Zaklenili so jo v sobo in ležala je na postelji in je mislila veliko in tudi jokala je, kadar se je nočilo in je bilo v sobi pusto in tiho. Samo dolgoroki delavec je prišel časih, šel je preko sobe s sklonjeno glavo, ni se nič ozrl in je šel spat. Tako je bilo tedaj, tisti večer, ko se je še dremotno svetilo visoko tam na strehi in je ugasnilo in je legel samoten mrak. Brigita je bila žalostna; mislila je na onega človeka, ki ni veroval, da je Mati božja in je umrl kakor pogan. Takrat je prišel dolgoroki delavec in ko je šel drugič mimo, je postal ob postelji. Glava mu je klonila, oči so gledale izbuljeno in so plamtele. Brigita mu je strmela v obraz kakor začarana in se je tresla. Tako je stopil k nji, vrgel je odejo na tla in se je sklonil globoko. Na postelji je ležalo mlado telo, nelepo in grbavo, in vilo se je in je trepetalo, prsi so ječale... Od tedaj so gledale njene oči za njim, koder je hodil, bale so se in so ga klicale. On pa se ni več ozrl in ni prišel nikoli več.

Vzbudila se je časih Brigita ponoči, spominjala se je in vztrepetal je ves život; roke so se stiskale k telesu, tresla se je od nerazumljive divje slasti in prsi so ječale, kakor tisti večer... Želela je Brigita in ni vedela česa -- tam zunaj je šlo življenje mimo in je vabilo. V njenih očeh je bilo zapisano hrepenenje in na obrazu je bil zapisan greh, govoril je iz njenih besed. Zato so se ji umikale in so se je bale,; nečist je bil njen obraz, grda je bila in grbava, kakor starka, ki je šla mimo in je gledala skozi okno ob zimskih nočeh...

Tudi Malči ni hotela domov. Prišla je mati, da bi jo vabila, Malči pa se je skoro prestrašila. Tako daleč je bil že dom in izgubljal se je zmerom dalj v daljavo, komaj še so ga videle v megli oči. In kadar so ga ugledale, je bilo srce vse polno sočutja, stisnilo se je in je zabolelo... Da, tam na mizi gori svetilka zaspano, pozno je že, morda že polnoči. Na postelji, v mraku, leži mali brat, razodet je in poten, polodprta usta sopejo težko; zdaj je zavzdihnil, zdrznil se je v spanju. Za mizo sedi mati in šiva, globoko kloni glava; urno se giblje roka, šivanka vbada enakomerno, neprestano.

Ali postala je roka, oči strme in ne vidijo ničesar, mirno kapajo solze in neprestano, že so bile izdolble dvoje strug na licih... Daleč je bilo to, ni bil več dom; strah bi jo bilo, če bi ležala tam na stari zofi in bi ne mogla zaspati in bi poslušala pozno v jutro, kako bi zavzdihnilo, zaihtelo zamolklo -- iz noči, Bog vedi odkod, bi prihajali glasovi ranjenih, izgubljenih... Nekoč pa je bilo doma veselo in praznično. Prišel je k njim mlad in lepo oblečen človek; vesel je bil zmerom in glasan, pomlad je prišla v hišo z njim. Mati se je vsa izpremenila; njene oči so se smejale, kakor nikoli prej, oblačila se je lepo, nosila je doma lepe čeveljčke s pentljo, čipkast predpasnik, in kadar je šla z doma in jo je spremljal mladi gospod, je imela na glavi klobuk z rožami in svilenimi trakovi, na rokah rokavice, pozlačen braslet za pestjo. Ob nedeljah zvečer je bilo vino na mizi in ko je bilo pozno, je kuhala mati čaj in potem je šla z gospodom v izbico. Tam so še žvenketale čaše, čulo se je šepetanje dolgo v noč. Malči je bila omamljena od vina, od čaja, od lepih misli in je zaspala kmalu. Ko se je vzbudila, je sedela mati že za mizo; oči so bile malo rdeče, še zaspane, ustnice so bile kakor opaljene; delala je hitro in prestrašila se je vselej, kadar je bíla ura na steni; tako jadrno je bežal čas... Prijela se je časih za glavo z obema rokama, ovila si je moker robec okoli čela. Ali takrat ni bilo nikoli solze iz njenih oči, tudi ne vzdiha iz njenih ust; celo ponoči, ko je sedela za mizo in je gorela svetilka, zunaj pa se je že dvigala meglena zora, je bil nasmeh na razpaljenih ustnicah... Malči ni mogla zaspati, ker jo je skelela rana in takrat sta se razgovarjali resno, s šepetajočim glasom. Pripovedovala je mati, da je že čisto blizu drugo življenje; ustavila se je roka za trenotek, udarilo je bilo pač v čelu, v sencih in mati se je prijela za glavo. "Tako bi ne mogla več dolgo, Malči... Zdaj rabimo veliko in delati je treba... delati. Ko bi človek mogel... tako noč za nočjo. Ampak ozre se na posteljo in vse se ustavi, roka se ne gane več, kakor od svinca je... Kmalu bo drugače, Malči; še leto ne več, manj ko leto, in to mine tako hitro. Zdaj bo kmalu Božič, potem Velika noč -- kakor da bi bilo že jutri, se mi zdi. Potem ne ostanemo tukaj, Malči. V drugo stanovanje se preselimo, vse novo pohištvo si napravimo. Jaz že vem, kako nam uredim stanovanje, vse sem že premislila natanko..." In mati je pripovedovala, kako misli uravnati stanovanje. Vse je videla že tako jasno pred sabo, kakor da bi se že sprehajala po lepo urejenih sobah, kjer sije skozi okna, izza temnordečih zastorov, mirno sonce. Malči je poslušala vesela in ko je zaspala, se je preselila v tiste gosposke sobe; v lepem krilu je sedela na zofi, preproge so bile na tleh, od stropa je visel lestenec in na majhni mizici, tako da je lahko posegla z roko, je bil belo pogrnjen pleten košek, do vrha poln slaščic... Prišel je Božič in je prišla Velika noč, mladi gospod pa je šel in se ni vrnil več. Mati je jokala, ko se je poslavljal, vse rdeče so bile njene oči, lica so bila čudno pegasta; spremila ga je in ko se je vrnila, je jokala še zmerom; tudi Malči samo je obšla žalost. Obljubil je bil, da se povrne kmalu, in da bo pisal; ali nikoli ni pisal in tudi vrnil se ni. Prvo noč po njegovem slovesu je delala mati za mizo; solze so tekle tiho, niti zavzdihnila ni. Ali nenadoma je zajokala na glas. "Nikoli več ne pride, nikoli več!" -- In res ni prišel. Mati se je žalostila, v svojem srcu pa je mislila zmerom, da se vrne. Dolgo je že bilo, minilo je že leto, dvoje let je minilo; zdrznila in je poslušala in je šla odpirat duri; zmerom še je slonela časih na večer ob oknu in je gledala z napetim pogledom, kadar se je bližala od daleč nerazločna moška postava -- toda zavil je človek v stransko ulico, Bog vedi kdo je bil... Lasjé so ji zdaj siveli in tudi se ni več lepo oblačila; vse je ležalo v omari: rdeči čeveljčki s pentljo, čipkasti predpasnik, spomladanski klobuk z rožami in svilenimi trakovi.

Malči si ni želela domov, samo v njenem spominu je bil še dom, v njenem srcu ga ni bilo več. Trpljenje je tam zunaj, sama žalost in grenkoba. Hudobno gledajo oči in če gledajo blago, so vse solzne. Da, nič drugega nego zloba in trpljenje. V njenem srcu pa je ostala tista nejasna slika, ostale so tiste lepe sanje o "drugem življenju". Malči je upala na drugo življenje, ali upala je komaj zavedno, brez solza in brez trpljenja. Tam je nebo jasno, neskončno, vse je čisto mirno, neoskrunjeno; širijo se zeleni travniki, pisani vrti v neizmernost; vsi obrazi so tam mirni in prijazni in veselo gledajo oči.

VII

Od vseh strani je zazvonilo, od vzhoda in od zahoda; od neizmernega neba so lile božične pesmi, vrele so iz zimske zemlje.

To je bil dan, ko se je rodil Človek in vsa srca so se odpirala njemu v hvalo in ljubezen, vsa srca so zahrepenela k njemu.

Napotila so se k njemu tisočera užaljena, ranjena srca. Vsi ubogi, zaničevani, zavrženi so se napotili, brezkončna procesija je bila. Vsi tisti, ki jih je bilo življenje s trdo pestjo, so odprli trudne oči in so vzdignili ranjene ude, šli so in so mu nesli srca naproti. Križani Človek je sprejemal vse, na nikogar ni pozabil, ki se mu je približal, vsem je delil dragocene darove. In bili so mu hvaležni in so zaupali vanj. Dar, ki jim ga je bil podelil, je bil vreden več, nego vsa oskrunjena bogastva, ki jih prodaja oskrunjeno življenje za oskrunjena srca. Kogar se je dotaknila njegova usmiljena roka, kogar je blagoslovil njegov pogled, tisti je izpregledal, padlo mu je breme raz ramena, lahke in poskočne so bile njegove noge. Večni Človek mu je bil podelil večnost. Kadar so skeleli udarci življenja, je romalo srce k njemu, v deželo utolaženega upanja, pozabljenega trpljenja.

Zazvonili so božični zvonovi od vzhoda in od zahoda in vsepovsod so se dramili ranjeni in zavrženi in so vstajali. Trpljenje je praznovalo véliki praznik upanja in zmagoslavja; utolaženi so bili, ki so izpregledali, da vodi čez Kalvarijo cesta v veselo večnost. Ponosni so bili in so gledali zmagonosno, ki so vedeli, da so v njem in del njegov, zato ker so bičani in s trnjem kronani...

Tako so praznovali praznik, ko je nastopil Človek svojo

veličastno pot. Ni ga bilo tisto noč ubogega srca, ki bi veselo ne vztrepetalo; komaj je razumelo radost, ki je kipela do vrha; komaj se je zavedal zaničevani in zavrženi in bilo mu je kakor v sanjah, ko je slišal tolažilne besede in ko je začutil usmiljeno roko na razgubanem čelu, na ramah, ranjenih od bremena.

Polna solz, krvi in gnusobe je sôpla zemlja tam doli, v temi; ali glej, tisto noč je vzplamtelo tisočero in tisočero luči, vzdigali so se brezštevilni plameni, tresli so se in so plapolali in so hrepeneli gor...

"Nocoj hodijo angeli po zemlji," je dejala Tončka. Vesel pokoj je bil v sobi, svetil se je v očeh in na licih, dihal je v zraku, prepregel je bil bele stene. In vse so čutile, da hodijo angeli po zemlji, da so bili prišli skozi zaprto okno in sedé ob posteljah, hodijo po sobi s tihimi koraki in nalahko plapolajo velike bele peroti. Videle so tudi brezštevilne luči, ki so jih bili prižgali angeli in ki so plamtele pobožno tam zunaj, globoko doli na zemlji.

Jaslice so bile že napravljene. Pred njimi je gorela luč v rdečem kozarcu, a na jaslicah samih in nad njimi so bile majhne pisane svečice, ki so gorele s tankimi visokimi plameni. Zlati angel, ki je visel od stropa, se je svetil v čudni, migljajoči in trepetajoči svetlobi in svetila se je tudi velika zvezda, ki je bila nad betlehemskim hlevom.

Zaspati niso mogle dolgo; vse, ki so mogle iz postelje, so se pripravljale na polnočnico in srca so bila polna svetega pričakovanja. Ležale so poloblečene in so se razgovarjale s šepetajočim glasom. Ni se zasmejalo, tudi prešerna beseda se ni oglasila, zato ker so bili angeli v sobi... Bilo je tisto noč, kakor da so prišla nebesa na zemljo. Nebeški angeli z velikimi belimi perotmi, Mati božja, mali ubogi Jezus, ki je ležal v jaslicah, in pastirji, ki so klečali tam -- vse je bilo tako blizu in domače, nič skrivnosti ni bilo in nič nedosegljive glorije.

Šepetanje je bilo zmerom tišje, polagoma so legale trepalnice na oči, ali srce je bdelo. Zmerom bližje so prihajala nebesa, preselila so se v sobo. Tončka je ležala ob robu postelje na odeji, ena roka je bila pod glavo, druga na životu. In ko je ležala in so blodile veselo vesele misli, je začutila, kako ji je dihnilo v lica in vedela je, da je šel angel mimo. Srečna je bila in se je smehljala; če bi iztegnila roko, bi se doteknila roke angelove. Tudi Malči je malo zadremala, ali ko je zatisnila oči, se je zgodilo čudo: danilo se je, svetlilo, luč bela in mirna, kakor spomladanska mesečina, se je bila razlila po sobi; vsa soba je bila polna angelov in zadaj na tronu je sedela Mati božja z Jezusom v naročju in obraz Matere božje je bil kakor obraz sestre Cecilije, tudi bele perotnice usmiljenke je imela na glavi.

Zazvonilo je v kapelici, ali kakor od daleč je prihajalo zvonjenje, bilo je kakor glas tistih sanj, ki so prihajale iz nebes; nato pa je zaklenkalo jasno in zvonko na koridorju in vzdramile so se. Sestra Cecilija je napravila luč; oblačile so se hitro, še v polsanjah in molčé, nato pa se je napotila procesija proti kapelici, po dolgem in mračnem koridorju. Trudoma, težko sopeč, brez besede se je vila nočna procesija, tu tam se je zasvetila dremotna svetilka, razsvetlila je uboga majhna telesa, zavržena, obsojena; in iz drobnih obrazov, prezgodaj zrelih, že razoranih, so gledale oči, polne veselega pričakovanja, polne spoznanja. Že se je jasnilo od daleč: tam je bila luč in Kristus je bil tam, ki so mu šle naproti...

Predno je sestra Cecilija zaprla duri, je vprašala Katico: "Ali naj ostane svetlo?"

"Ugasnite!" je odgovorila Katica.

In v sobi je bila tema, komaj se je svetlikalo malo od snega tam zunaj, od neba, ki je bilo jasno in posuto z belimi zvezdami. Kmalu je utihnilo na koridorju, daleč je že bila procesija, samo iz daljave se je slišalo žvenkljanje srebrnih zvončkov, glasile so se zamolklo božične pesmi. Sladek in skrivnosten šum je prihajal kakor iz katakomb, iz podzemskih, veličastno razsvetljenih hramov, kjer pojó belo oblečene device slavo novorojenemu Izveličarju...

Tema je bila v sobi; svetlikalo se je belo od snega tam zunaj in od zvezd, luči na jaslicah so trepetale dremotno in otožno in v ozkem kolobarju se je zibala na stropu rumena svetloba.

Katica je bdela; ko je gledala po sobi, je razločevala polagoma bele postelje, razločevala je tudi glave, ki so se premikale na vzglavju. Zasoplo je časih težko, zahropelo, zgenila se je odeja, roka se je vzdignila in je zamahnila po zraku... Globoko doli v katakombah so peli vesele pesmi, zamolklo, narahlo so prišumele časih gor, in bilo je, kakor da bi stopali angeli oprezno z žvenčečimi zlatimi sandalami po žvenčečih tleh.

Sama je hotela biti Katica in v temi, zato ker je bila žalostna ves večer. Jutri pride mati in ji prinese v papirju kolača. Mati bo upognjena in suha in uboga, oči bodo objokane. Ko bo položila papir na odejo, se bo roka tresla, koščena, zgrbljena, žuljeva roka. In kakor da bi hotela prositi: "Nisem ti mogla prinesti nič drugega; še to, glej, Katica..." Katica je vedela, kaj je mislila povedati mati: "Še to, glej, Katica, sem si izžela iz tega suhega telesa, ki je komaj še kaplja krvi v njem. Zato jej, otrok, kakor zaužívaš sveto hostijo. Materina kri je v tem kruhu..."

Doma pač ni jaslic, tudi drevesca ne, nič luči, ne veselja. Sami otroci so v hiši, oče je v krčmi, mati bega, Bog vedi kod. In otroci so se stisnili v kot, nič jih ni strah, o Božiču kramljajo in o kolačih, o jaslicah in o drevescu. Kakor da bi ne videli, kako se že sveti zunaj, kako se užigajo luči vsepovsod, kako se že glase pesmi od vzhoda in od zahoda. Trepečejo od mraza, ali oči gledajo daleč nekam, gorko je v dušah, ki sanjajo. Ure potekajo, tema je, otroci čakajo matere in toplo jim je od veselega pričakovanja. Kod bega mati, da bi prinesla mesá in morda celó jabolk in orehov? Mraz je zunaj in led se drobi pod nogami...

Zadremala je in vse je bilo pred njo še bolj jasno, čisto telesno. K sebi bi jih poklicala vse, otroke in mater, da bi jih ogrela in da bi jim bilo dobro. Zakaj toplo in dobro je tukaj in vsega je dovolj... K sebi bi poklicala mater -- in zaklicala je, da je čula v polsanjah svoj glas in se je za hip vzdramila. Tiho je bilo; mirno in dremotno so gorele luči na jaslicah... "Mati!"... Zatisnile so se oči in vse je bilo pred njo jasno in čisto telesno... Mati je bila trudna, zakaj begala je ves večer, vse dolgo leto in vse dolgo življenje. Trudna je bila, legla je in je zaspala; njen obraz je bil bel in miren, celo smehljale so se ustnice. Otroci pa so bili preplašeni, jokali so in niso vedeli zakaj -- tema je bila v izbi in mraz je bilo, mati je ležala mirno na postelji in se ni zgenila. Tedaj so se odprle duri, prišel je oče. Dišal je po žganju in je postal med durmi. Oči se mu niso takoj privadile teme, -- ali ko je izpregledal, ko je spoznal, je skočil k postelji in je zakričal...

Slišala je njegov krik, prestrašila se je in se je vzdramila vdrugič. Božične pesmi so se vzdigale zamolklo iz katakomb, mirno so gorele luči na jaslicah. Komaj se je zavedla pesmi in dremotnih luči in teme in spet so se zatisnile oči...

Takrat so se odprle duri narahlo in prišla je mati. V dolgo volneno ruto je bila zavita, upognjena je bila in plašna kakor zmerom. Ali njen obraz je bil čudobel in čudolepo so gledale plašne oči. Nič več ni bilo gub na licih, na čelu, tudi roke so bile gladke in bele. Stopila je k postelji in se je smehljala, kakor se ni smehljala prej nikoli. "Katica, danes ko je sveti dan, sem ti prinesla nekaj lepega." In Katica je ugledala v njeni roki prelepo rdečo rožo, kakor da bi bila pravkar vzcvetela iz tenkih belih prstov. "Ko sem šla tod mimo, Katica, sem mislila, da stopim še k tebi, ker je pri tebi tako lepo in prijetno, da te vidim in da te pobožam." Sklonila se je mati še nižje, doteknila se je z ustnicami Katice bolnih rok, potem še njenih toplih lic in tudi las, ki so padali na čelo...

Nato pa so prišli angeli v sobo, mnogo jih je bilo, vsi so bili belo oblečeni, prijazna luč se je razlila po sobi. "Ali so sanje, ali je resnica?" je mislila Katica. "Niso sanje, oči so odprte; tu sem jaz, tu je postelja..." Tiho so hodili po sobi, -- toda glej, vsi obrazi so bili znani. To je Tončka, ki gleda veselo z velikimi slepimi očmi, in tam je Malči, ki ima tako nežen, majhen obraz in tako živorazumne, razmišljajoče oči in čelo kakor sneg, in celo Pavla, židovka je tam. Žarka svetloba je razlita naokoli in v svetlobi hodijo, beli, komaj razločni, tihi angeli, noge se ne dotikajo tal...

Vstala bi in bi šla z njimi. Zgenila se je in je zavzdihnila; ni mogla vstati, zableščalo se ji je. Tedaj se je zasvetilo dvoje belih perotnic sredi sobe, vzdignila se je roka in luč je ugasnila. Stopali so mimo tihi koraki, duri so se narahlo zaprle. Časih je še zašumelo na posteljah, zašepetalo; tiho je bilo, sveta noč je ležala na zemlji...

Tudi Malči je videla angela tisto noč in nič se ni začudila. Komaj toliko so bile odprte trepalnice, da se ji je samo pisano bleščalo skozi senco dolgih temnih vejic. Odprle so se duri; prišel je v sobo angel, zeleno drevesce je imel v roki. Postavil je drevesce na mizo in okoli je naložil polno lepih in sladkih stvari, kolačev, pomaranč, jabolk. Tako tiho je hodil, da ni bilo čuti koraka. In ko je šel mimo, je bil njegov obraz kakor obraz sestre Cecilije, tako lep in poln ljubezni. Zasanjalo, zableščalo se je Reziki in zašepetala je v polsanjah: "Angel je šel po sobi!" -- "Angel je šel po sobi!" je odgovorila Malči in je zaspala...

Veselo se je zasmejalo, zalesketalo se je sveto jutro v beli zimski svetlobi. In soba je bila polna glasnega veselja in smeha in pesmi in lepih misli. Popoldne pa se je zgodilo nekaj čudovitega...

Prihajali so gostje koj po kosilu. Nikoli še jih ni bilo toliko in vsi so bili obloženi z darovi. Postelje so bile polne kolačev in mesa, dišalo je po cveticah, po pomarančah in jabolkih, po svežem zraku, ki je bil zunaj in po tujih ljudeh. Darove, ki so jih prinesli tuji ljudje iz tujih hiš, so ločile natanko od nebogatih darov, ki jih je bil razpoložil ponoči angel okoli drevesca in ki so bili slajši in so dišali drugače.

Prišel je Rezikin oče, bled in slaboten, izmučen; bilo je, kakor da nosi na ramenih velik in težak križ, čigar črna senca je segala visoko proti stropu. Vstopil je, kakor berač v gosposko hišo, upognjen, plašen. In vendar mu je lagalo ubogo beraško srce, lagalo je o sočutju, lagalo je o svobodnem in zdravem življenju, ki je zunaj. Tako je lagalo lepo rdeče jabolko, ki ga je prinesel, tudi pomaranča je lagala, ki jo je bil kupil za denar siromaka, dar sočutne ljubezni. In Reziki se je oče smilil. Bolan je bil in ubog in uklenjen, ko je bila ona zdrava in svobodna. Kakor je bila drobna in majhna, da je segala očetu komaj do pasú, bi ga pritisnila k sebi, manjšega in ubožnejšega, bi ga pitala, neokretnega, bi mu pripovedovala lepe bajke in bi ga uspavala...

Prišla je Malčina mati in je prinesla zavojev v obeh rokah. Nasmehnila se je Malči, ko je ugledala zavoje. Dobre in sladke reči so bile, prav je bilo, da jih je mati prinesla in spodobilo se je. Ali na obrazu matere, v nemirnih očeh, na ustnicah, je bilo zapisano življenje. Prišla je odondod, kjer je mraz in veter; ali mislila je pač neprestano: "Kaj naj prinesem otroku, ubogemu, bolnemu?" Skrbela je in je delala, morda vso noč, svetilka je gorela zaspano, rdeče težke trepalnice so lezle na oči. In ko je delala, morda vso noč, je bilo njeno srce razmučeno od bolečin, je bílo v sencih večno jekleno kladevce. A zdaj je prišla, dvoje belih zavojev v rokah, k ubogemu, bolnemu otroku, -- prišla je kakor beračica v gosposko hišo... Samo za hip se je bila zavedla Malči pol žalostne, pol vesele, komaj ‚razločne misli, in zato se je nasmehnila...

Prišel je Katičin oče. Strašen je bil njegov obraz, siv, razjeden od ene same noči, od bolečine in kesanja ene same noči, daljše nego življenje. Ko se je ozrl na Katico, so prosile oči usmiljenja in prizanesljivosti. "Katica, zgodilo se je..." Glas mu je bil hripav in tih, ni mogel iz grla. Katica se je ozrla in mu je pogledala mirno v obraz: "Mati je umrla!" Začudil se je in prestrašil, zato mu je Katica povedala: "Mati je prišla k meni, ko se mi je sanjalo, in mi je prinesla lepo rdečo rožo. Mimo je šla in je prišla k meni..." Oče je gledal, kolena so se mu šibila in pokleknil je poleg postelje...

Neprestano so prihajali, dolga procesija. Prišli so k Pavli, židovki, bili so prazniš

ko oblečeni, v gorko kožuhovino zaviti. Na obrazih, v besedah, v sami sapi svojih prs, v svežem zraku, ki je dihal iz oblek, so prinesli življenja dih, življenja, ki je tam zunaj in v njih samih, pustega, zlobnega, in ki so ga bili našemili v pustno šaro majhne in umazane radosti, majhne in nizkotne sreče, da bi mu ne gledali ostudne in strašne nagote ter poginili od groze. Prišli so, kakor nečistež v svetišče, berač v gosposko sobo. V srcu, od skrbi razmučenem, od dnevnega nehanja umazanem pa je bilo sočutje, tako smešno, nezavedno zlagano, kakor sočutje pastirjev beračev do novorojenega Izveličarja...

K Lojzki so prišli in Lojzka jih je pozdravila s prešernim nasmehom. Elegantna sta bila, gospod in gospa, v bogate kožuhe zavita, in prinesla sta zavojev veliko število. Lojzka je vzela zavoje, odpirala je in se je ozrla po sobi. "Náte, otroci, jejte!" Metala je drage dišeče darove z veselo roko, na desno, na levo, po belih posteljah in se je smejala prešerno. Prešerne so bile njene oči, ali srce, še komaj dozorelo, je bilo resno, prezgodaj grenko. Umazani so bili darovi, umila bi si roko, zato ker se jih je dotaknila. Dišali so po domu in kakor dom so bili oskrunjeni in opljuvani. "Kaj počneš, Lojzka?" je prašala dama in lica so ji bila zardela. "Darove delim!" je odgovorila Lojzka in se ni brigala več ne za damo, ne za gospoda, niti ozrla se ni nanja. Stala sta; dolgčas jima je bilo in v prsih je bilo nekaj zoprnega in je sijalo iz oči. Občutila sta bila polzavedno, da sta oskrunjena in uboga in da ne sodita drugam, nego ven v opljuvano vsakdanje življenje...

Prišli so k Tončki, ki je čakala v strahu in tudi nji so prinesli dragocenih in lepih reči. Gladka roka jo je pobožala po licih, sklonil se je nekdo k nji in jo je poljubil na ustnice, zaščegetali so jo vlažni brki in vsa se je stresla. Umaknila bi se in se ni upala. Ko so odšli, je pohitela k oknu, da bi ji umilo lica prijazno sonce, ki je bilo zunaj...

Tako se je zgodilo nekaj čudovitega. Gor iz zaduhle doline življenja se je bila napotila dolga procesija. Romali so, velik križ je hodil pred njimi in njegova črna senca je padala nanje. Vsi so bili z grehi in trpljenjem obloženi; oni, ki so stopali težko, hrbet upognjen, glavo globoko sklonjeno; in oni, ki so hodili pokonci in čijih prešerne oči so lagale prešerno; ljudje gosposko našemljeni, prstane in zapestnice na rokah, čipke in svilo na belih telesih, izžetih, izglojenih od podlega življenja; berači, ki so omahovali v cunjah, obraze izsesane, ude izpite od podlega življenja. Tako so romali in vsi so bili obloženi z grehi in trpljenjem. Romali so in so nosili darove onim, ki so bili čisti in so živeli onkraj življenja in v srcu romarjev je utripalo pod zlaganim sočutjem komaj zavedno hrepenenje in upanje...

Sveti dan je bil, rodil se je Izveličar. In zgodilo se je nekaj čudovitega. V betlehemskem hlevu je ležal v jaslih Izveličar, vseh bogastev gospodar. K njemu pa so prihajali v dolgi procesiji, od vseh strani, pastirji, kajžarji, hlapci, obloženi z grehi in življenja težo, in prinašali so mu darov, gospodarju vseh bogastev. Prišli so tudi trije kralji iz Jutrove dežele in so se mu poklonili, ko je ležal v betlehemskem hlevu v jaslih. Ugledali so bili zvezdo in zahrepeneli so -- veliko, komaj zavedno, pol razumljivo hrepenenje se je bilo vzdignilo kakor veter od juga in je zavalovalo po vsi božji zemlji.

VIII

Že so bila okna odprta, kadar je sijalo sonce in Tončka je stala ob oknu. Roke, ki so jo božale po licih, še niso bile zelo tople, ali prijazne so bile in materinske. Zapihal je časih hladnejši veter, zavisten je bil soncu in se je poigral hudomušno z njenimi lasmi... Ali blizu je že bilo veselo zmagoslavno majsko sonce, zmerom toplejši so bili poljubi, ki jih je čutila na licih; že niso bili več tihi, materinski -- nepoznano, nerazumljivo hrepenenje se je budilo v srcu, tja se je vzdigalo, odkoder je lila nebeška svetloba. Poslušala je in slišala je že od daleč pesem velikonočnih zvonov, pesem čisto, kakor njena duša in njeno nezavedno upanje...

"Tončka!" je zaklicala sestra Cecilija; mrzel je bil njen glas in slovesen, Tončka se ga je prestrašila. Brala je v glasu tihe misli in začutila je, da je bilo sočutje v mrzlem in slovesnem glasu.

Bližali so se koraki in Tončka se je umikala od okna v kot in se je pritisnila k zidu. Poznala je korake, ki so se bližali.

"Prišel je oče, Tončka, da pojdeš z njim!"

Poljubile so jo brkaste ustnice, dišeče po tobaku in gladek glas je izpregovoril:

"Lepo je zdaj doma, Tončka; boljše ti bo nego tukaj..." Nagnila je glavo, molčala je in se ni branila. Imela je takrat trinajst let in komaj so se šele bočili otroški udje. Pred poldrugim letom je bila prišla in takrat je bila slabotna in bolna.

"Boljše ti bo, nego tukaj!" je obljubil gladki glas; Tončka se je domislila dóma in je nagnila glavo...

Spominjala se je luči iz davne preteklosti -- svetilo se je kakor življenje, ki je bilo nekoč, v polpozabljeni preteklosti, in ki bo nekdaj, zato ker srce hrepeni po njem. Spominjala se je tudi obrazov iz tistega časa, nejasno, drug je bil podoben drugemu;

en sam obraz je bil drugačen, tako mehak in poln ljubezni, kakor glas sestre Cecilije, kadar je pripovedovala bajke. Ali mati je umrla -- v davni preteklosti; samo sveče je še videla, kako so gorele z visokim rumenim plamenom... Ti spomini so bili nemirni, nerazločni, hipni -- frfotali, trepetali so kakor mušice v luči.

In tedaj se je zgodilo nekoč, da je vse ugasnilo. Strah in nepokoj je bil v hiši, hodili so po sobi neznani ljudje in slišala je ihtenje. Pred njo pa je bila tema -- nič ni bilo, izginil je svet; umrla je... Tudi tisti dan ji ni bil jasen v spominu, nikoli ni mislila nanj... Bila je svetloba nekoč, v polpozabljeni preteklosti in bo nekdaj...

Vmes pa je tema, je življenje in dom. Prišla je bila iz sončnih krajev v dolino, kjer je mrak in kjer žive v mraku ljudje, vsi zli in umazani. Ali pride čas, ko se povrne v sončne kraje, ki so jo pozdravljali od daleč, kadar je stala ob oknu in je sijalo sonce...

Oče je bil imeniten človek; vsi, ki so prihajali, so govorili ponižno z njim. Slišala je časih, kako so prosili, govorili jecljaje, njegov glas pa je bil mrzel in trd. Ali pripetilo se je tudi, da je bil prijazen, gladek in mehek, posebno kadar je govoril z ženskami. In tedaj se je tudi smejal, z drobnim, hihitajočim smehom, ki se ga je Tončka bala, ni vedela zakaj. "Gospod svétnik" so rekli očetu in tisti "svétnik" je bil zmerom tako plah in proseč, dolgi, zategnjeni "é" je trepetal in se je zvijal, da, klečal je in pripogibal ponižni hrbet... Oče je bil pač imeniten gospod, ki je imel pravico, da je delil milosti in prijaznosti. Le malo je bilo gostov, da bi se jim priklanjal on sam -- in takrat se je tresel in zvijal tudi njegov glas, prav tako ponižno in plaho, kakor tisti zategnjeni "é". Samo nekoč je slišala Tončka, kako se je tresel plaho očetov glas. Prišli so trdi koraki, tako mrzlo je zazvenel pozdrav, kakor brušena svetla klina. Tončka je morala v drugo izbo, ali slišala je, ko je rekel gost: "V kriminal sodite, ampak zaradi stranke vas pustimo za zdaj še pri miru..." Nikoli ni bil oče tako strašen kakor ob tistem času; ljudje so prihajali in so prosili zastonj.

Zanjo se ni brigal nič, božal jo je in poljubljal samo tedaj, kadar so bili prijatelji v gostih. Nazadnje je skoro čisto pozabil nanjo in jo je prepustil služkinjam. In služkinje so se menjale zelo hitro, komaj se je privadila katere, se je že poslovila, nanagloma, zgodilo se je bilo Bog vedi kaj. Tončka je poslušala in ugibala, iz glasov in šumov so vstajale čudne podobe, grozne in toliko groznejše, ker so bile nejasne. Ves dan je romala po sobah, kakor sen, nihče se ni zmenil zanjo, kakor po gozdu je hodila. Slišala je nekoč surove, kričeče glasove. Govorila sta oče in služkinja, hlastno, vzburjeno, v presekanih stavkih in polrazumljivih besedah. Prevrnil se je stol; koraki so drsali, kakor da bi se upirale noge z vso silo; težko in sunkoma so dihale prsi. "Nehajte!" Oče je bil umolknil. Šumelo je, kakor da bi se vilo, napadalo in branilo četvero rok. Nató je zaropotalo in udarilo ob tla z vsem telesom. Duri so se hrupoma odprle in zaprle... Drugi dan ni bilo služkinje več v hiši.

Oče se je oženil vdrugič in od začetka je bilo v stanovanju veliko smeha in življenja. Nova mati je poljubovala Tončko, ali Tončka ni marala teh poljubov; materine ustnice so bile mrzle in Tončka je čutila, da so poljubi Judeževi, kakor je razločevala natanko, da so zlagane tudi vse materine mehke in sladke besede. Z novo materjo je prišla tudi njena hčerka in s Tončko sta bili kmalu prijateljici. Lucija ni govorila toliko kakor mati, tudi smejala se ni tako šumno; njen glas je bil nekako zamolkel, toda nežen, kakor poljubljajoč. Spali sta s Tončko skupaj in kadar sta legli, se je pritisnila Lucija tesno k nji, ovila se je je z vsem nežnim, toplim, kačjim telesom. Tončki je bilo prvi večer čudno -- blago ji je bilo in bala se je, umikala. "Kako so lepe, lepe tvoje roke! je šepetala Lucija in jo je poljubljala na rame, na lica, na ustnice. Ni govorila kakor govore otroci, vse njene besede so bile tuje, iz skritega življenja. Pripovedovala je o svoji prejšnji prijateljici, Mariji. Ni ji povedala, kam so se preselili, zato da bi ne prišla v goste. Marija je bila starejša, imela je že dvajset let, prsi velike in polne, boke kakor omožena ženska, in moški so gledali za njo. Lucija je hodila v goste k njim in kadar sta bili sami doma, jo je Marija pestovala, slačila jo je in ji je ponujala gole prsi, kakor majhnemu otroku. Lepo je bilo od začetka -- je pripovedovala Lucija -- in zelo sta se smejali, ali naposled se je naveličala, ker je bila Marija tako divja in grda. Polt je imela na stegnih rumeno in Luciji, ki je bila vsa bleščeče bela, se je to gnusilo. Prestrašila se je časih, kadar so se zalile Mariji oči in je dihala težko in so se prikazale potne kaplje izpod las na sencih in čelu. Stiskala jo je tako tesno k sebi, da jo je dušila, in kadar sta se izpustili, sta bili trudni obedve. Zmerom bolj pogosto je prihajala k njim, pisala ji je tudi pisma, tako neumna, da se je Lucija smejala in da se ji je Marija zastudila. Ogibala se je je in ni marala biti več sama z njo. Marija je prosila, nekoč pa jo je udarila, ugriznila jo je v roko, da se je prikazala kri. Lucija se je bala in zato je šla časih k prijateljici, dasi ni marala njenih objemov; bila je lena in mirna v njenih rokah, ki so se tresle, ležala ji je v naročju in je mislila Bog vedi kam, ni se nič brigala, kaj je delala z njo Marija, samo zamahnila je in ji sunila roko stran, kadar jo je zabolelo. Marija je časih jokala in tedaj je imela obraz ves spačen. "Jaz vem," je dejala nekoč, "Mimico ljubiš zdaj, z njo hodiš." Lucija je komaj poznala tisto Mimico, ali reči ni hotela, da ne hodi z njo, zato ker ji je bilo dobro, kadar je Marija jokala. Zgodilo se je, da jo je Lucija udarila z vso močjo, ali Marija se je zasmejala. "Udari še enkrat, Lucija, s to drobno drobčkeno roko!" In Lucija je ni udarila nikoli več... Tako je pripovedovala Lucija, ali pripovedovala je nekako nemirno, razmišljeno, ni povedala stvari do konca, kakor da je bilo v tistem skritem svetu, v katerem je živela, nekaj skrivnostnega, česar se ni hotela dotekniti; tudi ne zvečer, kadar ni bilo več luči in se je ovijala v tesnem objemu toplega telesa Tončkinega. In Tončke je bilo strah; kakšno življenje je bilo tam! -- Zdelo se ji je, kakor da je bila stopila še za stopnico dol, kjer so vse tiste grde in grozne skrivnosti, ki jih komaj sluti in hi govore neprestano in se gibljejo okoli nje... Tudi podnevi sta bili zmerom skupaj z Lucijo in čelo na izprehodu se je časih pritisnila Lucija k nji in jo je poljubila na ustnice. Pri obedu, kadar sta bila oče in mati poleg, se je sklonila k nji, položila ji je roko na stegno, stiskala se je k nji z nogami. Tončka je čutila, da je bila Lucijina ljubezen zmerom bolj vroča in divja. Nič ni pripovedovala več, vsa gorela je in trepetala, kadar sta bili sami in ni izpregovorila besede. Poleti je bilo, zunaj je sijalo žareče sonce in Lucija je zagrnila okno. Objela je Tončko in je prosila: "Gorko je, Tončka, sleci se!" Tončki se je smilila, ker se je tresel njen glas in je bil tako plah.

"Sama se sleci, tako je lepše... da te vidim, kako odpenjaš bluzo!" Tončki sami je bilo motno v glavi in roke so bile neokretne, ko so odpenjale. "Kako si lepa, lepa; kakor angel, tako se smeje tvoj obraz. Zasmej se, Tončka!" Tončka ni hotela, ali zasmejala se je. "Še čisto otroške so tvoje prsi, ali bele kakor sneg!" Lucija se je sklonila in jo poljubila na prsi, da je Tončko spreletelo. "Poljubi me še ti, objemi me! Glej, potipaj, kako se že dvigajo moje prsi... ali bele so, ne tako rjave in velike, kakor so Marijine..." Šepetali sta, obe vroči in trepetajoči, dokler se ni mračilo zunaj. Tisti večer je bilo Tončki slabo in spala je nemirno... Potrkalo le nekoč, odprle so se duri in Lucija se je vsa prestrašila, ni mogla izpregovoriti besede, ne pozdraviti. Govoril je plah zamolkel glas. "Prišla sem pogledat, Lucija, kako se ti godi zdaj... Zakaj mi nisi povedala? Še poslovila se nisi!" "Čemu bi ti pravila?" je odgovorila Lucija z mirnim glasom; minila jo je prva osuplost in vzdignila se je v nji zlovoljnost, trda odpornost. Marija je prosila in njen glas je bil zmerom bolj boječ in neodločen: "Tako sem te imela rada, Lucija, in lepo je bilo... Glej, še zmerom te imam rada, zato ne glej tako zlovoljno, zasmej se!" Ali Lucija se ni zasmejala. "Tega si se naučila pač od moških... teh lepih besed? Le moškim ponujaj prsi, saj hodijo za tabo!" Vsa uboga in beraška je stala Marija pred njo; oblekla se je bila koketno, da so vabili iz svetle napete obleke kipeči udje, toda zdaj se je zdelo, da je razcapana ženska, ki prodaja pomaranče po hišah. "Nikogar ne ljubim razen tebe. Hudo mi je bilo in zmerom sem mislila nate!" Tončka se je spomnila na ljudi, ki so prihajali v očetovo sobo; prav tako plah in proseč je bil njih glas in zasmilila se ji je Marija. Ali Lucija je bila brezobzirna. "Saj imaš drugih dovolj... in jaz ne maram nič več, ne maram več, nič več!" Govorila je glasneje in zlobno, kakor oče, kadar je kričal: "Opravili ste! Marš! Marš!" -- "Samo roko mi daj, Lucija, in še enkrat me poljubi!" -- "Nikoli več!" -- Tončka se je zgrozila, od tistega trenotka se je bala Lucije in ni ji bilo več prijetno v njenem objemu. Marija je šla počasi proti durim in bilo je Tončki kakor da bi jo videla, kako se je okrenila na pragu še enkrat ter se ozrla z dolgim in prosečim pogledom. "Morda se je samo šalila; zasmeje se in pohiti k meni!" Tako si je pač mislila. Ali Lucija je stala ob oknu in je gledala na cesto; počasi so se zapirale duri...

Minilo je poletje in jeseni so poslali Lucijo v inštitut. Ko je prišla o počitnicah domov, je poljubila Tončko zelo hladno in se ni več veliko brigala zanjo. Dobila si je pač v inštitutu novo prijateljico, ki je bila bolj vesela, bolj gibka in topla, "Bog ji blagoslovi!" si je mislila Tončka in nič ji ni bilo žal.

Tako je ostala sama in kakor prej je popótovala po izbah, po samotnem gozdu. Prišla je časih v očetovo sobo in je sedla na mehek stol; oče se je ozrl nanjo in je ni videl, ni se zmenil zanjo. Tončka ga ni ljubila; zdel se ji je čudovelik in strašen, njegovo življenje je bilo polno skrivnosti, ki se jih je bala in ki so jo vabile, zato ker so bile tako velike in strašne. Bilo je kakor v gozdu: dviga se tam od daleč nekaj silnega, črnega; ali so skale, ali je drevje, ki je okamenelo in se ne gane v vetru; noge se tresejo in se napotijo tja, ne morejo drugam, zato ker je tam groza in noč...

Z ljudmi, hi so prihajali, se je razgovarjal časih oče dolgočasno, poslovno in takrat Tončka ni slišala ničesar, kakor da bi bilo tiho v sobi. Ali slišala je vsak glas, ki je prišel iz srca; kadar je vzkriknilo zlovoljno, kadar je prosilo in tudi kadar se je smejalo s prešernim in umazanim smehom. Prišla je ženska nekoč in je prosila za moža, pisarja, ki je bil pijanec. Oče se je smejal in njegov smeh je bil trd in ostuden. Čutila je Tončka, da se je ženska vsa prestrašila, dasi ni bilo glasu. Oče se je smejal še zmerom in govoril je tišje. Nato je umolknil in tudi ženska je molčala; tiho je bilo, da se je čulo težko sopenje in Tončke je bilo strah. Ženska je odšla tiho, oče pa je dejal: "No, dobro je!" in je zaprl duri za njo. Tedaj je pač ugledal Tončko in jo je ogovoril osorno: "Kaj pa delaš tukaj? Spravi se!" -- Ni bilo še dolgo po poroki, veselja in življenja pa ni bilo več v hiši. Oče in mati sta se prepirala, naposled sta živela zase in Tončka ni slišala skoro nikoli več, da bi se bila razgovarjala prijazno. Kadar je bila mati sama, je hodila s težkimi koraki po sobi in je vzdihovala s smešnojokavim glasom: "O, moja glava! Moja glava!" In nekoč je stopila k Tončki, stresla jo je in je kričala: "Tvoj oče je lump! Lump! Lump!" -- Zajokala je in je pozabila, da je Tončka otrok in je tožila: "Za en mesec samo me je vzel; za zmerom moj denar...

Pet mesecev ga že ni bilo pri meni, nisem ne žena njegova, ne dekla... Vpričo mene se je bil polastil druge... smejal se je in jo je vrgel na zofo... Vse ima, omožene ženske in vlačuge in otroke... Lump! Lump! Lump!" -- In Tončka je slišala nekoč, ko sta govorila v sosednji sobi in je dejal oče veselo: "Čemu pa tožiš? Kaj misliš, da ne poznam tvojega fanta? Sram te bodi -- šestnajstleten pobič!" -- Mati je zaloputnila duri in oče se je smejal...

Prihajal je v goste očetov prijatelj. Ko je prišel prvikrat, je ugledal Tončko; stopil je k nji in jo je pogladil po licih; njegova roka je bila gladka in mrzla kakor riba. "Tončka, ubožica!" je dejal, ali tudi glas mu je bil gladek, spolzek kakor riba. In nato je prihajal pogostokrat, tudi če očeta ni bilo doma. Posadil si je časih Tončko v naročje, ali Tončki je bil zoprn, streslo jo je, kadar je začutila njegovo gladko in mrzlo roko. Šinila je nekoč s prsti preko njegovega obraza in spoznala je, da mu je obraz kakor roka in kakor glas -- starikav, ostudnogladek... Tako se je zgodilo, ko je bilo tiho v sobi, da jo je objel in jo pritisnil k sebi; Tončka ni mogla ne prositi in ne klicati; njegove roke, ki so se tresle, so jo dušile in od strahu ni mogla geniti. Jecljal je in iz njegovih ust ji je padla gnusna kaplja na lice. "Tončka!... Tončka!"... Ko je šel, je vsa trepetala od sramú in od groze in je legla na posteljo... Prihajal je še zmerom, dan za dnem, in Tončka se ni mogla braniti, ni si upala klicati. Bil je zmerom bolj strašen, vso si jo je osvojil in ubogala je, kakor je hotel. Lica so ji upadala in spala je nemirno; prestrašila se je mnogokrat, vzbudila se je nenadoma in slabo ji je bilo...

Prišlo je hrupno in silno, kakor velik vihar in bilo je, kakor da se je zamajal strop in da se je zazibala vsa hiša. Oče je udaril starca s pestjó, zgrabil ga je bil pač trdo in težki koraki so drsali proti durim. "Lump! Lump!" Nato je stopil k Tončki in jo je sunil v kot; postal je sredi izbe, nato šel molčé in zaprl je duri mirno za sabo, kakor da bi se bil nečesa domislil. Še tisti večer so prišli tuji ljudjé; oče je govoril z njimi v svoji sobi, kričal je in potem je bilo vse tiho. Mati je prišla s hitrimi koraki v izbo, sopla je vzburjena. "Naj se zgodi karkoli! To je bilo plačilo -- dovolj ima!... Tvoj oče je v kletki, Tončka, v kletki! Kakor mi je Bog priča, da pride v kletko!"... Zasmejala se je nenaravno, hripavo, in je šla... Tončka ni razumela, živela je kakor v viharju sredi gozda. In kmalu so prišli in so jo odpeljali; poslovila se je brez žalosti in vesela je bila, ko je drdral voz po kamenitem tlaku -- Bog vedi kam, v katero deželo. Tja morda, kamor roma njeno hrepenenje, v tiste svetle kraje, kjer sije čisto sonce in boža po licih z nedolžno roko. Da, v tiste kraje, zakaj voz je drdral neprestano, dolga je bila pot in daleč je bil že dom z vso temno in zaduhlo grozo... Ko je prišla, so jo pozdravili veseli glasovi; vzdignile so jo v naročje materinske roke in vedela je, da je bil čist in ljubezniv obraz, ki se je nagnil k nji, tako čist in ljubezniv kakor sonce, ki je sijalo tam blizu in kakor zvonovi, ki jih je slišala časih od daleč in ki so jo vabili... Daleč je bil dom. --

Nagnila je glavo in se ni branila, ko je začula gladki glas, ki jo je vabil domov; tako kakor bi stopala radovoljno in s tresočimi nogami v črni gozd, grozi naproti.

"Lepo je zdaj doma!" je dejal oče. "In ne spodobi se, da bi bila v bolnišnici! Damo ti učitelja in tudi Lucija je zdaj doma. Ali nisi nič vesela?"

"Vesela sem, oče!" je odgovorila Tončka, njen glas pa je bil kakor krik kanarčka, ki je bil butil ob okno in padel na polico ter umrl.

Šla je, med durmi pa se je okrenila. In tedaj so bile njene oči, kakor da bi bile izpregledale: široko so bile odprte in polne groze.

Tako se je vrnila Tončka v življenje. Vrnila se je v dolino; na gori pa je sijala pomlad, lepa kakor še nikoli...

IX

Zunaj je sijala pomlad, lepa kakor še nikoli. Vsa soba je bila polna sonca, vsa srca so ga bila polna. In upanje, prej tako negotovo, skoro nerazumljivo, se je vzdignilo k jasnemu cilju in ga je dosegalo.

Vstala je časih Malči v postelji, tenke roke so se opirale ob blazino in gledala je skozi okno. Tam gori se je svetil košček sinjega neba; zdelo se ji je, da je blizu, tako blizu, da bi se ga skoro doteknila; gledalo je veselo dol, nji naravnost v oči, smejalo se je in je vabilo...

Jeseni je bilo, ko je prišla Malči, takrat še mlada in otročja. Ni bila samo zima vmes, dolgo življenje je bilo. Njen obraz se je spremenil popolnoma; bel je bil kakor prej in droben, toda nič otroškega ni bilo več na njem. V očeh ni bilo več nemira, plahosti; gledale so resno in pokojno, kakor gledajo oči starca, ki je opravil z življenjem... Spreletelo jo je bilo prvi večer in zajokala je; zdaj je bil daleč tisti večer in vse, kar je bilo pred njim.

Prihajala je mati in je prinašala darov; Malči pa se je zdelo, da prihaja mati iz daljnodaljnih krajev, iz drugega sveta; videla jo je kakor skozi motno zagrinjalo, ubogo romarico, ki je prinašala darov. In mati je pripovedovala o domu, o sosedih, o vsem tistem daljnodaljnem svetu; kar je pripovedovala, je bilo žalostno in malenkostno in smešno, tako da Malči ni poslušala pazljivo in se je samo časih nasmehnila, kakor iz sočutja. Komaj se je zavedala, da je bilo to sočutje; prijela je časih mater za roko in jo je stisnila v obe svoji tenki koščeni roki in jo je privila k sebi -- ubogo, trudno, delavsko roko. Nato jo je izpustila, ni se zavedla več ne sočutja, ne matere in je gledala skozi okno, kjer je sijalo sonce in je vabilo...

Njeno telo je bilo že čisto skopnelo. Tenke, skrivljene in zvite koščice so bile zavite v prozorno kožo; prsti so bili kakor tenki dolgi kremplji tiča; lic ni bilo več, ustnice so bile tanjše in daljše, iz globokih jam so gledale nenaravno velike, mirne oči. Iz kosti na nogah, na hrbtu se je širila bolezen po vsem telesu. Odpirale so se rane na tilniku, prikazale so se hraste za ušesi, otekle so nenadoma celó dlaní in od dolgega ležanja so bila ranjena tudi ledja. Nato se je naselila bolezen v pljuča in naposled v želodec. Ustnice so bile vroče in so pokale, v kotih pa se je nabirala penasta vlaga.

"Ali zelo trpiš, Malči?" je izpraševala mati in solze so ji tekle po licih.

Malči pa se je začudila; samo malo se je nasmehnila in je

stresla z glavo, zato ker so ji padali lasjé venomer na čelo in na lica in so jo ščegetali. Videla je mater in je mislila, čemu ji pač teko solze po licih; a glej, zaradi nje tekó!...

Mati je jokala, ali Malči ni bila žalostna in tudi trpela ni. Kaj je bilo trpljenje? Tam daleč je, zunaj, globoko iz doline šumí. Zavzdihnila je časih, ko se je okrenila na postelji, toda sama ni slišala svojega vzdiha in tudi čutila ga ni. Okusila je trpljenje poslednjikrat, ko je umrl kanarček. Ubogi kanarček, ki ga je ubilo življenje...

Zatisnila je nekoč oči; ni bila zaspana, samo gledati se ji ni hotelo. Prišla je mati; Malči je slišala njene korake, toda trepalnic ni vzdignila. In ko je stopila mati k postelji, je zajokala na glas. "Malči! Malči!" Zakaj pač joka mati? Odprla je počasi oči, nasmehnila se je in je iztegnila roko. "Ali me se poznaš, Malči?" Kako je mati otroška! Kakor obraz otroka je njen obraz, ves solzen in plašen. Kako bi ne poznala matere? Govoriti pa se ji ni hotelo in sama ni vedela, kako se je zgodilo, -- spet so se zatisnile trepalnice in samo malo so se svetile bele oči skozi dolge temne vejice. Mati je klečala poleg postelje, skrivala je obraz v rjuho in je jokala. Tedaj pa je prišel duhovnik, Malči ga je spoznala po težki kmečki hoji, ker je nosil z žeblji podkovane čevlje. Ni ga imela rada; dolg je bil in suh, tudi obraz mu je bil dolg in suh in nos je štrlel kakor kljun. "Ne jokajte, gospa, ne jokajte. Veseli bodite, da jo Bog pokliče k sebi. Tako življenje -- ni življenje. Svetu je v nadlego in sebi..." Malči je poslušala in se smejala v srcu. Od daleč nekod s prihajali ti glasovi, ali bili so čisto jasni in razumljivi. Iz doline je govorilo, tako resno in svečano, kakor govoré otroci, kadar se napravijo v odrasle in hodijo po sobi, v naročju punco iz cunj, ali očetov cilinder na glavi in njegovo dolgo pipo v ustih... In o smrti govore s spoštovanjem in strahom, kakor govori otrok o vedomcu... Uboga mati, objokani otrok, ubogi nosokljuni kaplan! Čemu vajino sočutje?...

Govorili so o smrti in tako je tudi Malči mislila nanjo. Kmalu ko je bila prišla, jo je ugledala in se je hitro navadila nanjo, kakor na prijateljico, na sosedo. Da, v sobi je bila, stara spoštljiva mamca, hodila je tiho kakor sestra Cecilija, stopila je k tej, k oni postelji in prijazen je bil njen obraz. Sedela je ponoči v kotu, na nizkem stolu, preštevala je jagode na molku in je dremala... Vse so vedele, da je v sobi in se niso zmenile zanjo, tudi govorile so malokdaj o nji, zato ker se je niso ne bale in je tudi ljubile niso. Tu je bila, kakor miza sredi sobe, kakor bele stene, kakor dremajoča luč pred jaslicami...

Samo nekoč se je prestrašila Malči; bilo je pozimi, ko so bila njena lica še polna in ko so gledale še nemirno njene oči. Ob postelji sta bili mati in sestra Cecilija in mati je bila vsa vesela, zato ker je bila kaplja krvi v Malčinih licih. In tedaj je dejala sestra Cecilija: "Še je mogoče, da se obrne na boljše in da pride na spómlad ven..." Malči, ki je sedela, se je naslonila na vzglavje, tako so jo vzburile te besede. Takrat ni vedela Malči, če se je bila vzburila od strahu ali od veselja. Toda ponoči je začutila rane, tipala se je po ubogem telesu in je jokala... Ob tistem času je bil obraz smrti bolj tuj in bolj strašen, nego pozneje, ni bila še prijazna starka, ki se je bila udomačila v sobi -- ali tisti večer jo je poklicala. Žalostna je bila in ni razumela in tudi ne mislila, odkod žalost...

Zdaj pa je razumela vse, njene misli, prej nemirne, nejasne, so hodile zdaj po lepi ravni cesti, naravnost proti cilju, ki je bil določen od nekdaj in ki ga je od nekdaj slutila. Tako kakor roža v gorki sobi se je razcvetela njena duša, ko so zunaj, v hladnem aprilovem vetru, komaj šele popki poganjali.

Otročje in nerazumno je upala nekoč na "drugo življenje", ki je pravila mati o njem, da je nekjé in da pride nenadoma, "po Božiču morda, po Veliki noči..." Ali ni ga bilo, minil je Božič, minila je Velika noč, mati je sedela pred svetilko, globoko sklonjena, in skrb je rezala v obraz. Nerazumno je bilo tisto upanje, upanje na čudež. "Samo nocoj še in jutri, ko se vzbudim, bo vse drugače..." Nerazumno in nestalno upanje, vzraslo iz bolnega srca, iz skrbi in trpljenja, izgubljeno, blodeče po strmih stezah, daleč od lepe ravne ceste. Slutnja je bilo to upanje, nemirno kakor slutnja, pojemajoče, zdaj visoko plapolajoče, sosed obupu in pričakovanju... Tako ga je čutila Malči, dokler se ni razcvetela njena duša kakor roža v topli sobi.

Zdaj je odprla oči in se je ozrla na nebo, ki je vabilo in se je nasmehnila...

Zunaj je bila pomlad, lepa kakor še nikoli. Gledale so na nebo, ki je sijalo jasno in toplo, na veselo sonce, ki se je smejalo in je hodilo skozi okno v vas, in napravljale so se na pot. Čudne povesti so pripovedovale in v teh povestih je bilo toliko zmagoslavnega pričakovanja! Vse, ki so mogle iz postelje, so se napravljale na pot, v lepo deželo, v drugo življenje. Mnogo jih je bilo že lani tam in pripovedovale so, s čistim in skrivnostnim veseljem, kakor pripovedujejo otroci o svetem Miklavžu, o Božiču in o Veliki noči.

Koncem maja se napravijo na pot. Kakor na veselo svatbo, praznično oblečene, smejoče in vriskajoče. Sestra Cecilija pojde z njimi; spodaj pred velikimi vratmi bo čakalo troje voz, nestrpno bodo bíli konji s kopiti, voznik se bo oziral in bo priganjal. "Urno, urno, da ne zamudimo vlaka!" Urno, urno na pot! In po širokih, neizmerno dolgih ulicah, mimo visokih hiš, skozi prašno mesto. Zbogom, prašno mesto, zbogom, gospa grofica! Hvaljen bodi Jezus Kristus!... V železniške vozove; že vriska vlak, že je zaropotalo, stresel se je voz... Zbogom, mesto, zbogom, dolina, zbogom, življenje! Vlak drdrá, enakomeren, zamolkel topòt, kakor tiktakanje nevidne velikanske ure. K oknu, otroci! Neizmerno mesto tam doli, brez števila vitkih visokih fabriških dimnikov -- mesto je bilo in ni ga več, pogreznilo se je. In zdaj polja in travniki in holmi, drug svet, novo življenje... Sonce, sonce, sonce! Kje je tisto sonce, ki je sijalo tam doli? Ni ga več, samo upanje je bilo, samo slutnja! In tu je sonce, razgrnilo je svoje kraljevsko bogastvo po vsem širokem nebu, po vsi prostrani zemlji. Visoko je in neizmerno, vse je potopljeno v njem... Tako je poplačal Bog trdno vero...

In vera je bila zmerom nemirnejša, nestrpnejša, kolikor lepši so bili dnevi in kolikor toplejše noči. Na pot, na pot!... Tam je vsa pokrajina neskončen vrt. Ziblje se drevje v sončnih sanjah; rože sanjajo in človek gre mimo in sliši sanje in je srečen, v soncu in sanjah izgubljen. Metulji frfotajo in kakor se kretajo v toplem svetlem zraku, ugašajo krila in se užigajo...

V srcih je bila trdna vera, ki je čakala uresničenja. Kadar so šepetale zvečer, sanjale s široko odprtimi očmi, so prepregale čudne, svetle in sladke pravljice poletni dom, ki je bil pod resničnim soncem, sredi prostranega vrta. Šepetale so pozno v noč o pravljici, ki se uresniči, in sanjale so v spanju do jutra o čudovitem zelenju, o visokem drevju, ki se ziblje v vetru, o rožah, ki sanjajo. In od drevja so visela zlata jabolka, srebrn je bil pesek na tihih stezah, kraljeviči so se sprehajali tam, lepi in mladi; v grmu je sedel pritlikavec z veliko kučmo na glavi in je njuhal tobak. Podile so se po travniku, kjer je segala mehka trava do kolen, oblečene so bile v lahke srajce iz srebrne pajčevine, podile so se in so se smejale, da je segal zvonki smeh do neba, kjer je sedela sestra Cecilija na nizkem zlatem stolcu in je pletla nogavice, gledala dol ter se smehljala; za plotom pa je stala gospa grofica in je prosila, da bi ji odprle duri; njen nos je bil zelo čuden, osoljeni presti podoben; in Lojzka je stopila tja -- "Hvaljen bodi Jezus Kristus!" -- ter je odrezala presto...

Malči je poslušala nekoč, ko so se razgovarjale. "Zakaj čakamo?" -- "Da umrje Malči. Hudo bi ji bilo, zato ker misli, da pojde z nami." -- "Lani ob tem času smo bile že zunaj, in ni bilo takega sonca kakor je letos. Zunaj je pač že vse zeleno, vse že v cvetju." -- "Zakaj ne umrje?" -- "Jutri morda... Samo do nedelje še počakamo in če ne umrje, pojdemo." -- Malči je prašala zjutraj sestro Cecilijo: "Kaj ne pojdem z vami?" -- "Seveda pojdeš!"

In ko je sijalo sonce tako veselo in toplo, se je ozrla Malči po sobi in je videla vse oči uprte váse. Opazovale so njen obraz, njene tenke roke, njene ožgane ustnice, poslušale so, kako je sopla. In vse oči so jo prosile: "Daj, Malči, umri!" Zakaj zunaj je sijalo sonce in je vabilo, vsa srca so se dvigala k njemu.

V drug svet, v novo življenje! Na pot! Na pot!

Nikoli ni mislila Malči, da ne pojde z njimi, niti za trenotek je ni obšel strah. Tudi njena vera je bila trdna, vera v drug svet in v novo življenje in tudi nji se je mudilo tja, kjer sije resnično sonce in je vsa pokrajina neizmeren vrt...

Komaj se je že danilo, je zašumelo skrivnostno po sobi, vstale so in so se napravljale hitro, praznikško veselje je bilo na vseh obrazih. Tudi Malči se je prebudila, vzdignile so se malo trepalnice in ozrla se je po sobi. "Zdaj pač pojdemo!" si je mislila. Sestra Cecilija je hodila tiho, po prstih; stopila je k postelji in se je sklonila, toda videla ni, da se je Malči prebudila. Pogladila jo je po čelu, obrisala ji je z robcem pot in ji je potegnila odejo do vratu...

Danilo se je, zasvetilo se je sonce na steni. Na pot, na pot! Malči se je zgenila, trudile so se tenke neokretne roke, da bi vzdignile odejo. "Čas je," si je mislila. "Treba je vstati in se napraviti!" Toda glej, glava se ni vzdignila, niso se genile noge. Polodprte oči so iskale nemirno, roka je tipala po odeji, po vzglavji; toda prazniške obleke ni bilo na postelji. Leži pač na stolu in bilo bi treba pogledati. Premikale so se ustnice, da bi poklicale sestro Cecilijo, ali pozabila je, nenadoma so švignile misli drugam. Kako bi na pot brez matere? Tako dolgo je upala mati na drugo življenje, čakala je nanj neprestano, in zdaj je ni, ko je treba na pot...

Že so bile vse oblečene, premikale so se kakor majhne sence; sončni žarki na steni so bili zmerom svetlejši. Premikale so se sence, ropotalo je zamolklo in duri so se odpirale. Tedaj se je ozrla sestra Cecilija, tenek glas se je bil vzdignil iz postelje. Nagnila se je in je poslušala; oči so se odprle trudoma in so zasijale nemirno, ustnice so šepetale nerazumljivo. "Da, Malči, pojdeš!" In sestra Cecilija je šla in ji je prinesla prazniško obleko. Malči se je nasmehnila; njena vera je bila trdna in silna; ni je bil obšel strah, samo čudila se je, ker ni bilo prazniške obleke na postelji in ker so se napravljale tako tiho in tihotapsko, kakor da bi jo hotele prevariti in jo ostaviti samo... Zašumelo je zunaj, zaropotalo je kakor vozovi na kamenitem tlaku... Na pot, na pot! Komaj že čaka sonce, rože diše in vabijo... Treba se je hitro obleči in splesti lasé v lepo dolgo kito in potem na pot... Glej, odprle so se duri, prišla je mati. Samo senca je bila zraven postelje, ali Malči bi bila spoznala mater, tudi če bi se ne ozrla. Ob pravem času je prišla mati in zdaj na pot, v zaželjeno drugo življenje... Roke so drsale po odeji, prsti so se krčili, ali prazniška obleka je bila tako težka, ni le bilo mogoče vzdigniti... Tedaj jo je prvikrat obšel nemir, temno in bolestno ji je leglo na misli, zaječala je. Kakor v sanjah je slišala materin jok...

Obšel jo je nemir, ker se ji je zazdelo, kakor da bi bili krenili vozovi na napačno pot -- dol proti dolini, kjer je noč in trpljenje... Ustnice so se gibale, vzkriknila je, ali glasu ni bilo. Tedaj se je ozrla Lojzka: "Glej, treba je skozi dolino... kako bi drugače gor?" Da, po dolgih ulicah, skozi prašno mesto... Vozovi drdrajo po kamenitih tleh -- zbogom, prašno mesto, zbogom, gospa grofica!... Prijetno so se zibali vozovi in so jo uspavali...

Vesela procesija se je vila iz doline, kjer je noč in trpljenje. Biči so pokali, rezgetali so konji in kopita so bíla po kameniti cesti. Na vozovih so peli mladi glasovi, zmerom nižje se je pogrezala dolina, tam gori pa so že goreli hribi, sonce je prihajalo procesiji naproti, že so se lesketali mu lasjé, iz zlatih žarkov spleteni... Pozdravljen, Kristus, ženin, ti vdano ljubljeni, tako težko pričakovani!... Pozdravljen!...

www.ingramcontent.com/pod-product-compliance
Lightning Source LLC
Chambersburg PA
CBHW020331130626
46549CB00003B/1120